http://www.bbulmedia.com

악소림

악소림

1판 1쇄 찍음 2014년 9월 18일
1판 1쇄 펴냄 2014년 9월 23일

지은이 | 윤민호
펴낸이 | 정 필
펴낸곳 | 도서출판 뿔미디어

편집장 | 이재권
기획 · 편집 | 윤영상
편집디자인 | 김병희

출판등록 | 2002년 9월 11일 (제081-1-132호)
주소 | 경기도 부천시 원미구 상동로 117번길 49(상동) 503호 (우)420-861
전화 | 032)651-6513 / 팩스 032)651-6094
E-mail | bbulmedia@hanmail.net
홈페이지 | http://bbulmedia.com

값 8,000원

ISBN 979-11-315-3631-5 04810
ISBN 979-11-315-3014-6 04810 (세트)

BBULMEDIA FANTASY STORY

3

악소림

윤민호 신무협 장편 소설

뿔미디어

목차

14장.
예상치 못한 덫

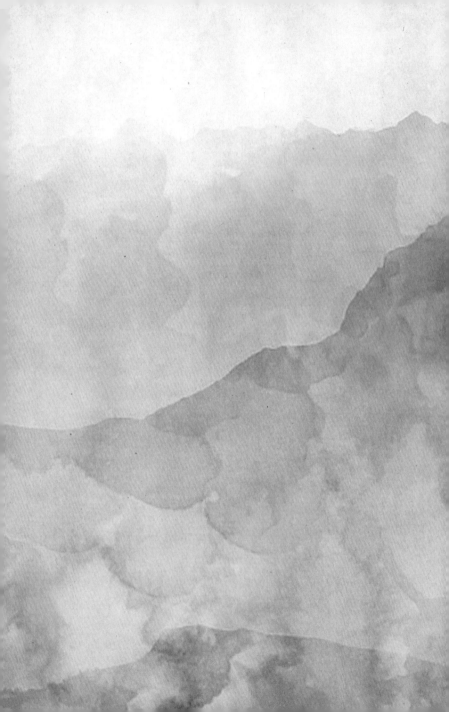

촤아악!

손바닥을 길게 베인 천공이 인상을 찌푸렸다.

천마신공 칠성 수위, 그 최대 공력이 실린 천겁마인을 정면으로 맞받은 여파다.

'늙은 마귀, 역시 대단하군. 다행히 공력을 오성 이상 회복했기에 망정이지…….'

모든 감각을 관장하는 뇌. 그 상단전 속의 심계에서 벌이는 싸움이기에 영혼의 상태라 하더라도 부상의 고통은 육신 상태의 그것과 똑같았다.

다만, 겨룸에서 깊은 상처를 입게 되면 외상이 아닌 내상으로 직결된다. 그 또한 육신이 아닌 영혼을 형체화한 상태라 그랬다.

결국 이 대결은 내공의 깊이와 현명한 판단력이 승패를 좌우할 가장 큰 요소로 작용할 것이다.

지금 천마존의 내공 수위는 칠성.

반면, 천공의 내공 수위는 오성 남짓한 정도.

하나 두 사람의 마공 성취도를 놓고 비교하면 그 격차는 자못 크지 않았다.

단순히 숫자로 구분한 공력 단계가 높다고 해서 우위에 있다고 보긴 힘들다.

실상 힘의 기준이 달랐다.

애초에 천공이 익힌 이름 모를 마공의 위력은 천마신공을 웃도는 수준이었으니까.

과거 천공은 몸소 예의 마공으로 천마존을 제압하며 성취도의 격차를 증명해 보였다.

똑같이 극성의 공력을 이끌어 낸 겨룸이었지만 패한 쪽은 천마존이었다. 심지어 천마신공 최종 절학인 마광파천기를 맞고도 살아남았다.

본질적인 이유는 하단전, 즉 내공을 담는 그릇의 차이에 기인했다.

천마존이 매서운 눈빛을 쏘아 보내며 외쳤다.

"네놈…… 내공을 절반 가까이 되찾은 게로구나!"

초장부터 오대절기인 천겁마인을 전력으로 시전한 이유는 천공의 대략적인 공력을 가늠해 보기 위함이었던 것. 물론 피하지 않고 마주 응대한 천공의 의중도 마찬가지였다.

둘 다 자칫하면 생사존망의 위기를 맞을 수 있는 중요한 싸움이었기에 상대가 보유한 힘의 한계점을 빨리 파악하는 게 최우선이라 여겼다.

진신절기를 구사해 천공이 회복한 공력의 크기를 대충 파악해 낸 천마존은 슬며시 걱정이 일었다.

'저 땡추 새끼, 설마 내공을 절반 이상의 수위까지 회복한 건 아니겠지?'

천공이 그 속내를 읽은 듯 옅은 미소를 띠었다.

"왜, 내가 아직 힘을 다 꺼내 보이지 않은 듯싶어 내심 불안한가?"

"하아! 우습군. 어느 안전이라고 감히 얄팍한 심리전 따위를 펴는 게냐! 어차피 두고 보면 자연히 알게 될 터."

천마존은 그 말과 동시에 먹잇감 사냥을 앞둔 맹수처럼 신형을 웅크렸다.

구우우우웅.

공간을 가득 메운 무형지기가 일순 그의 신형을 중심으

로 투명하게 압축되나 싶더니, 돌연 맹렬한 전진과 함께 커다란 파형을 터뜨렸다.

파파파파파파팟—!

천마공진비(天魔空震飛).

오직 빠름만을 추구하는 천마섬전비와 달리 마력의 기파를 파생시키는 돌격용 경공술.

비록 일련의 속도는 천마섬전비에 못 미치나 운신 자체로 공격이 가능한 상승 기예였다.

천공은 무시무시한 기세로 쇄도하는 천마공진비에 맞서 두 주먹을 불끈 쥔 채 상하로 빠르게 내뻗었다. 그러자 시뻘건 기파가 난폭한 회오리처럼 발출됐다.

슈아아아, 슈아아아아!

간극 중앙에서 시커먼 파형과 핏빛 파형이 충돌하자 심계가 마구 요동쳤다.

꽈과광—! 우르릉, 우르르릉!

천공과 천마존은 강한 반탄지력에 의해 각자 이삼 장 뒤로 미끄러지며 상체를 휘청거렸다.

"욱!"

"크윽!"

일그러진 표정들이 그 충격력을 대변했다.

두 사람은 몸의 중심을 잡기 무섭게 재차 서로를 노려

빠르게 진격했다.

순식간에 거리를 좁힌 그들은 약속이나 한 듯 똑같이 막대한 내력을 실은 우권을 힘껏 질렀다.

콰하아앙!

주먹과 주먹 사이.

커다란 아지랑이가 원형으로 번지며 시계를 어지럽게 만들었다.

천공과 천마존은 반탄지력을 견디고 선 채 잽싸게 우권을 회수했다. 그와 동시에 좌권이 뻗어 나왔다.

후우웅, 쉬이익.

그렇게 주먹끼리 부딪치자 둔탁한 소리가 울렸다.

퍼어억—

한 치의 틈조차 없이 밀착된 권격.

곧바로 내력 싸움이 시작됐다.

두 사람은 즉각 맞닿은 주먹으로 각자의 마기를 토했다. 그러자 붉은 기류와 시커먼 기류가 한데 뒤섞여 공기 중으로 어지러이 번져 나왔다.

츠츠츠, 츠츠츠츠!

주먹을 통해 크게 뒤엉킨 두 마기는 쉴 새 없이 꿈틀거리더니, 이내 상대의 체내 기로를 비집고 침투해 들었다.

별안간 천마존의 눈썹이 꿈틀하더니 이마에 굵은 골이

패었다.

'아니! 이 현상은……!'

마주한 주먹을 통해 조금씩 스미는 핏빛 마력이 팔뚝의 혈맥을 날뛰게 만들고 있었다. 흡사 체내의 피가 부글부글 끓어오르는 듯한 느낌이었다.

그때도 그랬다.

천공과 일백 초가 넘는 치열한 대결을 펼쳤을 때에도 지금처럼 혈맥이 고삐 풀린 망아지인 양 마구 날뛰며 체내를 괴롭혔다.

그에 앞서 십이주교 서열 이위 청발마비(靑髮魔妃) 조염(兆琰)과 호교사왕 검마왕(劍魔王) 도규(屠虬)가 차례로 호기롭게 덤볐다가 이삼십 초 만에 전신 혈맥이 터져 죽음을 맞는 모습 또한 똑똑히 보았다.

'일백 초가 넘도록 버틴 게 용한 일이었지. 혈맥을 들끓게 만드는 마력이라니…… 도대체 놈의 마공은 정체가 뭐지?'

대관절 어떤 마공이기에 이토록 기괴한 마력을 발휘하는 것인지, 일백 살이 넘은 자신으로서도 불가해한 일이었다. 아니, 자신의 헤아림을 벗어나는 정체불명의 마공이 존재한다는 사실 자체가 납득하기 힘들었다.

백중지세의 내공 겨룸이 이어지는 가운데 천공과 천마

존의 이마로 굵은 핏대가 마구 불뚝거렸다. 그만큼 혼신의 힘을 쏟고 있었다.

그러던 어느 순간, 두 사람의 팔이 각기 다른 빛깔로 물들기 시작했다.

천공의 팔은 먹물처럼 시커멓게 변해 치지직! 하며 타는 소리를 흘려보냈고, 천마존의 팔은 피를 칠한 듯 시뻘건 색을 띤 채 부르르 경련을 일으켰다.

대량의 내력이 체내로 침투해 든 탓이었다.

시간이 얼마 지나지 않아 그들은 어깨 부근까지 변색되고 말았다.

천마존의 미간이 갈수록 크게 씰그러졌다.

'크읏……! 혈맥이 팽창하고 있다!'

툭, 투둑, 툭.

미세한 음향과 더불어 손등, 팔뚝을 따라 시퍼런 핏줄이 보기 흉하게 부풀어 올랐다. 손가락을 살짝만 가져다 대도 터져 버릴 듯이.

'젠장, 고집을 부릴 때가 아니다!'

이를 꽉 깨문 천마존이 주먹의 마기를 한 점으로 모아 사납게 폭사하자 흑색 기류가 원형으로 넓게 퍼졌다.

파하앙—!

일 장 가까이 뒤로 후퇴한 두 사람의 신형.

천마존은 신속히 천마신공의 마기를 이용해 혈맥을 진정시켰다. 그것을 본 천공도 체내에 깃든 상대의 내력을 밖으로 빠르게 몰아냈다.

팔을 가볍게 휘저은 천마존이 입꼬리를 씰룩 올렸다.

"훗, 확실히 힘을 상당 수준까지 회복하긴 한 모양이구나. 그때처럼 본좌의 혈맥을 들끓게 만들다니……."

"오랜만에 맛본 소감이 어때? 하마터면 혈맥이 파열될 뻔했는데."

"뭐라, 파열될 뻔해? 크하하하하핫! 애석하나 예전만 못하느니라."

"훗, 어울리지 않게 허세는……."

"입 닥쳐! 보아하니 일정 수위에 이르러야 사용 가능한 힘인 듯싶은데, 아직 그 정도론 본좌의 혈맥을 다치게 만들 수 없느니라."

천마존의 짐작대로 천공의 마공이 가진 혈맥을 들끓게 만드는 묘용은 오성 수위에 이르러야 비로소 발휘되는 고유의 힘이었다.

'새삼 아쉽군. 공력의 수위를 좀 더 회복했다면 방금 그 겨룸으로 늙은 마귀를 제압했을 텐데…….'

천공은 그 생각과 함께 툭 던지듯 물었다.

"네 천마신공은 어째서 칠성 수위밖에 안 되는 거지?"

천마존이 무슨 헛소리냐는 표정을 짓자 천공이 다시 말을 이었다.

"내 마공은 현재 오성 남짓한 수위야. 만약 천마신공이 팔성 수위였다면 예의 절기를 정면으로 맞받기 힘들었을 테지."

"호오, 이제 와서 솔직하게 밝히다니, 뜻밖이구나. 하나 그게 뭐 어떻다는 것이냐? 난 이미 네 녀석의 힘이 오성 남짓한 수위임을 간파한 터이거늘."

"이전부터 의문스러운 부분이 있었는데, 이렇듯 직접 마주하고 나니 비로소 그 의문이 풀리는 것 같다."

순간, 천마존은 왠지 모를 불길함을 느꼈다.

"의문…… 이라니?"

"네가 과연 공력을 얼마큼 회복한 걸까, 만약 삼분지 이 이상 되찾지 못한 것이라면 그 이유가 뭘까, 생각하고 또 생각해 봤지. 아무래도 이상하잖아? 예전 내가 정신을 잃었을 때, 그 시간은 꽤나 길었어. 네가 쉬지 않고 축기를 행했다면 최소한 팔성까진 도달하고도 남을 시간이었지."

"무슨 말을 지껄이고 싶은 거냐?"

"짐작컨대, 팔성 수위로의 축기가 불가능했던 것이지?"

그 물음에 천마존의 낯빛이 흠칫 굳었다.

"뭣……!"

"이런, 이런. 정곡을 찔렀나?"

"크음……."

"역시 내 예상이 맞았어. 넌 뜻하지 않은 걸림돌 때문에 결국 칠성 수위에 머물고 만 거야. 훗, 어쩐지 내가 어서 흑운동으로 가길 바라는 듯이 은근슬쩍 뜻을 내비치더라니……. 너도 흑선이 아니면 그 해답을 구하지 못하리라 생각한 것이로군."

천마존은 낭패한 기색을 짓다가 곧 낮게 투덜거렸다.

"쳇, 망할 새끼."

"희망을 접도록 해, 늙은 마귀. 넌 절대 흑선으로부터 해답을 구하지 못할 테니까. 내가 그렇게 두지 않아."

"기왕 일이 이렇게 된 것, 여기서 네 영혼을 멸한 후 흑선을 만나러 가리라!"

고함친 천마존이 전신으로 흑색 마기를 퍼뜨리자 심계 전체가 크게 진동했다. 그런 그의 두 눈동자엔 자신감이 서려 있었다.

'놈은 아직 심계의 속성을 다 깨우치지 못했을 것이야. 그 점을 잘 활용하면…….'

해볼 만하다는 판단.

심계에서의 대면이 천공에게 기회라면 마찬가지로 자신

에게도 기회이리라 여겼다. 게다가 지금 천공의 무력은 과거와 달리 확실한 우위를 점하지 못한 채 비등한 수준에 머물고 있을 따름이잖은가.

그로선 충분히 자신감을 가질 법한 상황이었다.

천공도 이내 붉은 마기를 뭉게뭉게 피워 올리며 두 주먹을 꽉 쥐었다.

'좋아, 저 성미 급한 늙은 마귀가 격장지계(激將之計)에 걸려들었구나! 이제부터 기를 쓰고 극성 공력을 필요로 하는 절기들을 구사하며 내 영혼지체를 멸하려 들 테지.'

기실 그의 목적은 처음부터 하나였다.

어떻게든 빠른 시간 안에 천마존이 공력을 많이 소모하게끔 만드는 것, 오직 그뿐이었다.

심계를 가득 메운, 숨 막히는 마기와 살기.

상대를 향해 적의의 날을 세운 검은 마귀와 붉은 마귀.

아니나 다를까, 성미 급한 검은 마귀가 먼저 손속을 전개했다.

천겁마인이었다.

공간을 갈라 버릴 듯 허공으로부터 사납게 떨어져 내리는 그 절기에 맞서 천공의 우수가 수도(手刀)의 형태로 솟구쳐 거대한 핏빛 예기를 토했다.

콰아아아앙―!

육중한 공력의 충돌. 그로 인한 폭발과 풍압에 의해 천공과 천마존의 신형이 뒤로 주르륵 밀렸다.

천공이 균형을 잡고 선 순간, 그보다 반 박자 빨리 자세를 갖춘 천마존이 운신을 펼쳤다.

호홀지간 천공의 두 눈이 급격히 커졌다.

'아니, 이럴 수가!'

사납게 육박해 오는 천마존이 무려 열 명이었다.

실과 허를 분간하기 힘든, 그야말로 완벽한 분신술(分身術).

천공으로선 처음 보는 절기였다. 날선 기감을 통해 파악하려 했지만, 실체가 모호했다.

"뒈져라!"

순식간에 거리를 압축한 십인(十人)의 천마존이 당황하는 천공을 둥글게 포위하며 일제히 장력을 발출했다.

파아아, 파아아아아―!

*   *   *

깊숙한 숲 속에 자리한 이층 누각.

화려하기 그지없는 그 이층 마루 중앙에 삼십 대 사내

가 겨드랑이에 목침을 괸 채 비스듬한 자세로 누워 있었다.

그의 복색은 실로 기이했는데, 갈색 하의는 여인의 치마폭처럼 아주 넓었으며 사슴이 수놓인 노란 빛깔의 두루마기를 걸치고 있었다.

독특한 형태의 상투를 튼 그 사내 앞엔 교어(鮫魚) 가죽으로 만든 칼집을 가진 기다란 도 한 자루가 놓여 있었다.

길이가 무려 사 척에 육박하는 왜도(倭刀).

사내의 정체는 흔히 왜국(倭國)이라 칭하는 일본의 무사였다.

그런 그의 좌편엔 고슴도치처럼 머리칼이 자란 오십 대 승려 한 명이 포단을 깔고 앉았는데, 불자라 하기엔 풍기는 기도가 사이했다.

사방이 훤히 트인 누각 밖으로 물결을 이룬 녹음을 물끄러미 응시하던 사내의 시선이 돌연 한옆의 층계로 향했다. 그러자 다복솔 같은 구레나룻을 가진 삼십 대 검수 하나가 층계를 밟고 올라오는 것이 보였다.

사내가 손짓을 보내자 삼십 대 검수는 얼른 그 앞으로 와 정중히 부복했다.

"사스케 님, 송구합니다. 인원을 추가로 투입해 추적을 했지만 결국 놓치고 말았습니다."

"후훗, 그것참 흥미롭군. 사마서(司馬舒), 그대가 사냥감을 놓치는 일도 다 있다니."

"그는…… 우리가 예전에 사로잡은 개방도들과 달리 일신의 무위가 자못 대단했습니다. 하지만 청룡동방세가 소속으로 보이는 젊은 검수는 정령독무(精靈毒霧)에 중독된 탓에 큰 수고로움 없이 붙잡아 감금해 두었습니다."

사스케가 권태로운 표정으로 기지개를 켜며 물었다.

"청룡동방세가?"

"예. 아마도 삼남인 용비검랑 동방휘로 추정됩니다."

"용비검랑 동방휘라……."

"들리는 말에 의하면, 용비검랑은 개방의 철장신풍개와 호형호제할 만큼 가까운 사이라고 합니다. 그걸로 미루어 짐작컨대, 추적을 뿌리친 예의 개방도는 아마도 철장신풍개 승궁인인 듯싶습니다."

왜도를 집어 든 사스케가 몸을 일으키며 명했다.

"그물을 빠져나간 물고기는 어쩔 수 없는 법. 그만 궁(宮)으로 귀환하자."

"사스케 님, 한 가지 더 말씀 드릴 것이 있습니다. 방금 전 수색조로부터 연락을 받았는데…… 좋은 실험 재료들이 추가로 덫에 걸려들었답니다."

사마서의 보고에 사스케의 두 눈이 이채를 뿜었다.

"그래? 모두 몇 명이냐?"

"도합 세 명으로, 이십 대 사내와 그 또래의 여검수, 그리고 나이가 다소 많아 보이는 무승이라 했습니다."

별안간 잠자코 앉아 있던 승려가 놀란 표정으로 말했다.

"사마서, 그 무승의 차림새를 자세히 설명해 보라!"

사스케가 두 눈을 가늘게 뜨며 나지막이 물었다.

"도침(道琛) 스님, 어찌 그리 격렬한 반응을 보이는 것이오?"

하지만 도침은 아무런 대꾸도 없이 사마서를 보며 매서운 눈빛을 쏘아 보냈다.

사마서는 얼른 수색조가 보고해 온 인상착의를 그대로 설명해 주었다. 다 듣고 난 도침이 주먹으로 마루를 쾅! 때리며 표정을 일그러뜨렸다.

"제기랄! 그놈이 기어이 날 찾아냈구나! 완벽히 따돌린 줄 알았는데……."

사스케가 조용한 투로 물었다.

"항마군 출신 승장이 예까지 추격해 온 거요?"

도침이 무거운 낯빛으로 고개를 주억거렸다.

"맞소. 놈의 법명은 광진……. 그대에게 건넨 업화신검의 원 주인이외다. 또한 과거 항마군 승장들 중 상위 다섯 손가락에 꼽히던 아주 강력한 무승이기도 하오."

"광진이 확실한 듯싶소?"

"단순히 설명만 듣고 왜 그러나 싶겠지만, 아마 내 짐작이 틀리지 않을 거요."

"여하간 너무 걱정하지 마시오. 이미 본 궁이 설치한 함정에 빠졌으니까."

"흐음, 쉽게 볼 상대가 아니라오. 그의 무력은 과장을 조금 보태 중원무림의 십대무신과 비교해도 모자람이 없소이다."

"도침 스님, 내 무력이 그보다 못한 것 같소?"

사스케의 목소리에 은은한 노기가 실려 들자 도침이 퍼뜩 안색을 고치고 손사래를 쳤다.

"아…… 그, 그런 뜻으로 한 말이 아니오."

"다시 한 번 말하는데, 걱정할 필요 없소. 만에 하나 그가 통제를 벗어나 함부로 설친다면…… 천패일도류(天覇一刀流)로 목을 그어 버릴 테니까."

그 말과 함께 사스케의 시선이 다시 사마서에게로 옮겨졌다.

"사마서, 즉각 인원을 소집해 그들이 있는 동혈로 가진을 발동하라."

"존명."

대답을 마친 사마서가 난간을 딛고 경공술을 전개하려는 찰나, 사스케가 음심 가득한 눈빛을 흘리며 당부했다.

"참, 계집은 가급적이면 따로 유인을 한 다음 생포해라. 옆구리와 종아리에 외상을 입은 듯하다고 했으니 그리 어렵지 않을 것이야."

"예?"

"멍청한……. 실험 재료로 쓰기 전에 그 여체를 품고 싶다는 뜻이다."

"그, 그렇군요. 알겠습니다."

황망히 고개를 조아린 사마서는 이내 누각 밖으로 신형을 날리더니 횡허케 자취를 감췄다.

도침은 가만히 턱을 쓰다듬으며 상념에 잠겼다. 이에 사스케가 한 줄기 의미심장한 미소를 흘렸다.

"훗, 직접 가서 확인해 보고 싶은 것이오?"

"그래도…… 괜찮겠소?"

"아무래도 이것이 필요하리라 생각되오만."

사스케가 소맷자락을 가볍게 떨치자 천장으로부터 큰 목갑 하나가 둥실둥실 이끌려 와 그의 손에 잡혔다.

뚜껑을 여니 그 안엔 불꽃 문양이 새겨진 불그스름한 칼 한 자루가 들어 있었다.

고려의 불문 신병, 업화신검이었다.

도침이 뜻밖이라는 표정으로 사스케를 보았다.

업화신검을 건넨 사스케가 말했다.

"도침 스님을 믿기에 다시 내어 주는 것이오. 어차피 나중에 녹여 없앨 물건이니 그전까진 맘껏 사용해도 좋소."

"고맙소이다."

"자, 어서 가서 사마서를 돕도록 하시오."

합장을 한 도침이 사라진 직후, 사스케는 왜도를 옆구리에 비스듬히 꽂아 넣으며 먼 하늘을 눈동자에 담았다.

"용비검랑…… 설마 독무랑을 찾기 위해 이리로 온 것이냐? 후훗, 애석하군. 네가 추억하는 그녀의 모습을 이제 볼 수 없을 터인데."

*   *   *

천공은 사위로 사납게 쇄도해 드는 장력에 맞서 신속히 원형의 기막을 펼쳤다. 이에 열 가닥의 장력이 기막과 부딪치며 사나운 폭음을 터뜨렸다.

퍼퍼펑, 퍼퍼퍼퍼펑—!

신형 주위로 어지러이 퍼지는 시커먼 파문들.

"윽!"

천공의 입술을 비집고 짤막한 신음이 새어 나왔다.

미처 예상치 못한 분신술에 자못 당황해 아슬아슬 간발의 차로 이뤄진 방어였다. 그 여파 때문인지 답답함이 가슴으로 엄습해 들었다.

다행히 부상은 피했다. 만약 대응이 조금만 더 늦었더라면 낭패를 당하고 말았을 것이다.

'실체와 허체를 구분할 수 없는 분신술이라니…….'

천마존은 어느새 한 명으로 바뀌어 있었다.

일 장 남짓한 간격을 두고 선 천마존이 거만한 표정으로 소성을 흘렸다.

"크흐흐흣, 네놈이 당황을 다 하다니. 이거, 정말 기분 좋구나."

"역시 나이를 헛먹은 건 아니군. 설마하니 그런 절기를 감춰 놓았을 줄은 몰랐다."

"이제 보니 네놈 대가리도 그리 영민한 편은 아니구나."

말이 끝나기가 무섭게 천마존이 다시 열 명으로 화해 천공을 넓게 포위했다.

곧바로 이어지는 공세.

사방을 차단한 채 열 가닥의 권경이 천공의 신형을 육

박해 들었다.

천공은 재차 기막을 펼쳐 십방(十方)으로 쇄도하는 권세를 방어했다.

기세를 탄 열 명의 천마존은 쉬지 않고 공격을 퍼부었고, 천공은 여전히 그 실체와 허체를 파악하지 못한 채 수세에 몰렸다.

'도대체 이 분신술은 어떤 묘용을 가진 거지? 하나하나가 전부 진짜인 듯한 느낌이다.'

여러 명의 천마존이 다시 한 명이 되어 거리를 두고 자리한 순간, 천공의 두 눈에 돌연 이채가 반짝였다.

'아하! 그렇구나!'

뇌리를 스치는 한 가지 깨달음.

'처음부터 허체는 존재하지 않았어! 분신들은 영혼의 형태를 분산한 일종의 파편이었던 거야!'

천공의 입술이 희미한 반월을 그리는 찰나, 천마존이 신형을 날리며 외쳤다.

"한층 더 어지럽게 만들어 주마!"

무수한 꽃잎이 퍼지듯 분신들이 파생되었다.

이번에 그 수가 무려 스무 명.

바로 그때, 천공이 놀라운 변화를 일으켰다.

스스스스스슷.

그 역시도 천마존처럼 분신을 파생시켜 스무 명으로 화해 버린 것이다.

천공들, 그리고 천마존들이 한데 얽혀 들며 장력을 발출하자 우렁찬 굉음이 공간을 뒤흔들었다.

꽈르르르릉—!

기의 잔해가 폭죽처럼 명멸하는 가운데 분신들은 모조리 자취를 감췄고, 도로 한 명이 된 천공과 천마존이 이십 보 거리를 두고 대치했다.

천공이 양쪽 손목을 가볍게 휘돌리며 입을 열었다.

"어때, 내가 그래도 아주 멍청하진 않지? 영혼을 여러 개의 형태로 나눠 움직이는 건 몇 번 쓰지 못할 눈속임밖에 안 돼. 결코 유용한 방법이 아니라고."

앞서 천공이 기감을 통해 실체와 허체를 구분할 수 없던 이유는 단순했다. 분신들 전부가 실체였기 때문. 즉, 예의 분신들은 하나의 영혼을 여러 개로 쪼갠 것이었다.

물론 이곳이 심계이기에 가능한 일이었다. 또한 실체와 허체의 경계가 무의미한 영혼의 상태라 가능한 일이기도 했다.

어금니를 꽉 깨문 천마존은 속으로 은근히 감탄해 마지 않았다.

'저런 괴물 같은 새끼를 봤나! 이토록 빨리 심계의 속

성을 간파해 내다니……'

천공이 살짝 혀를 차며 충고하듯 말했다.

"영혼을 분신처럼 나누면 그 힘도 분산되기 마련이지. 차라리 온전한 하나의 형태로 공세를 퍼부었다면 더 효과적이었을 텐데."

"갈! 듣기 싫다!"

일갈한 천마존이 머리 위로 팔을 번쩍 쳐들자 그 전면으로 거대한 마기의 폭풍이 생성됐다.

후우우우우웅!

최대 공력의 천마흑풍살기.

천공은 맹렬한 기세로 압박해 드는 그 공세에 맞서 주먹으로 바닥을 강하게 내려치자 꿍음과 함께 광대한 핏빛 마기의 파도가 범람하듯 솟구쳐 나왔다.

쿠콰콰콰쾅—!

검은 돌풍과 붉은 파도가 상쇄되어 방산하는 가운데 천마존은 벌써 다음 수를 전개하고 있었다.

횡단의 기세, 넓게 퍼지는 손날의 궤적을 따라 부챗살처럼 날카롭게 발출된 천마흑선기가 거리를 격해 엄습하자 천공의 우수가 수직으로 선을 그어 내렸다.

슈아아악!

파공음을 토하며 뿜어진 곡선의 붉은 마기는 그대로 천

마흑선기를 반으로 갈랐다.

성질이 뻗친 천마존은 잇따라 흑마아형장, 천마붕권, 마력원구장 등 막강한 기예를 쏟아 냈지만, 천공은 쉽사리 허점을 노출하지 않았다.

그야말로 숨 돌릴 틈조차 없는 치열한 공방.

이십 초, 삼십 초, 사십 초를 넘겨 마침내 오십 초에 이르렀으나 승패의 명암은 되레 오리무중으로 치달았다.

천공과 천마존의 내공은 어느덧 절반 이하로 격감한 상태였다. 그럼에도 불구하고 둘 다 손속의 기세만큼은 여전히 매서웠다.

"어이, 늙은 마귀! 벌써 한계인가? 예전보다 노쇠한 듯하군."

"크윽, 그 건방진 주둥아리를 반드시 찢어발겨 버릴 테다!"

노성을 토한 천마존의 신형이 빠르게 선회하자 가공할 마기가 해일처럼 일어나 일대 공간을 뒤덮었다.

콰콰콰콰콰콰콰─!

심계 전체를 부숴 버릴 듯 육중한 기파.

갈응문을 쑥대밭으로 만들어 버린 천마신공 오대절기, 천마대멸공이었다.

'옷, 이것만 잘 견뎌 내면……!'

천공은 생각과 동시에 두 주먹을 힘껏 내지르며 어마어마한 핏빛 마기를 발출했다.

슈하아아아악!

*　　　　　*　　　　　*

두 눈을 감고 가부좌를 튼 채 무아경에 든 천공의 신형이 한차례 가볍게 흔들렸다. 그것과 동시에……

지이이잉!

바닥 한옆에 수직으로 세워져 꽂힌 금강저가 투명한 아지랑이를 피우며 강한 떨림을 자아냈다.

천공의 정면에 자리한 광진의 동공 위로 기광이 번뜩 스쳤다.

'심계 전체가 크게 요동치고 있구나! 아무래도 대결이 막바지로 치닫고 있는 모양이다!'

그는 즉시 두 손으로 밀종 고유의 수인을 만들며 노랫가락처럼 주문을 읊기 시작했다.

이는 두 영혼이 대면한 마음의 공간을 안정화시키기 위한 작업이었다.

둘 다 현재 엄청난 공력을 발산하며 겨루는 중이니 그 영향으로 심계의 외벽이 허물어지지 않게 해 두는 게 무엇보다 중요했다. 만에 하나 심계가 무너지기라도 한다면 큰 내상이 깃들어 주화입마를 면하기 힘들 테니까.

잠시 후.

천공의 양 눈썹으로부터 한 치 정도 떨어진 곳, 즉 태양혈에서 가느다란 빛줄기가 새어 나오더니 반월을 그리며 연결되었다. 뒤이어 미간의 인당혈(印堂穴)과 뒤통수의 뇌호혈(腦戶穴)에서도 똑같은 빛줄기가 새어 나와 원호를 그리며 하나가 되었다.

머리를 가운데 두고 십자(十字) 형태를 이루듯 교차한 두 줄기 빛에 의해 심계의 외벽이 다시금 안정을 되찾았다.

그 증거로 부적을 통해 심계의 상태를 알리는 금강저가 더 이상 떨림을 발하지 않고 있었다.

광진은 안도한 눈빛으로 호흡을 골랐다.

'휴우, 됐다! 이제 남은 일은 천마존의 영혼을 봉하는 것뿐…… 지금쯤 서로 내공을 삼분지 이 가까이 소모했을 테니, 천공이 조금만 더 버텨 주면 그 못된 마혼을 완벽히 가둘 수 있을 것이야.'

그때, 동굴 입구로 그림자가 어른거리나 싶더니 곧 단희연이 모습을 드러냈다.

표정으로 보아 일련의 상황이 궁금해 잠깐 발을 들인

모양이었다.

'어머, 저 빛은 뭐지?'

천공의 머리 주위로 가느다란 빛의 고리 두 개가 맴도는 것이 그녀의 시야에 고스란히 담겨 들었다.

[걱정하지 말게. 순조롭게 진행되고 있으니……. 마지막 한 고비만 남았을 뿐이네.]

광진의 나지막한 전음에 단희연이 반색했다.

'아……! 천마존의 힘을 소모하게 만드는 데 성공한 모양이구나!'

그녀는 방해가 될 것을 우려해 기척을 한껏 죽인 채 다시 신형을 되돌려 동굴 밖으로 나왔다.

해가 어느덧 서산으로 기울고 있었다.

자줏빛 노을에 불타는 숲, 그 아름다운 풍광이 단희연의 눈동자를 가득 물들인 그때.

'인기척!'

그녀는 본능적으로 허리의 검을 뽑아 들며 전신의 감각을 활짝 열었다.

대환단 복용으로 말미암아 진일보한 기감.

그 탁월한 육감이 곧 인기척에 도사린 내밀한 살기를 읽어 들였다.

'한둘이 아니다! 최소 열 명…….'

사사삭, 사사사삭.

수풀을 지르밟는 미약한 음향이 들리나 싶더니, 이내 복면을 두른 십여 명의 검수가 전방과 좌우로 사납게 쇄도해 들었다.

동시에 단희연의 교구가 번개처럼 지면을 박찼다.

파박!

멸절검모 이향금을 사사한 향혼추보(香魂趨步).

땅을 스치듯 밟는 그 쾌속한 보식과 더불어 단희연의 시선이 일대 공간을 빠르게 훑어 나갔다.

'전방에 셋, 양 측방엔 각기 넷.'

호홀지간 전세를 파악해 내는 안력이었다.

돌진하는 그녀의 손으로 막대한 공력이 모여 들었다.

하단전으로부터 용솟음친 강대한 내공이 기맥을 거쳐 검날로 주입된 찰나.

우웅.

짧게 울리는 검명.

파르르 떨리는 검신 주위로 이글거리는 아지랑이가 그 위력을 대변하는 듯했다.

호기롭게 단희연의 면전으로 짓쳐 들던 검수 셋은 똑같이 흠칫 놀라 신형을 멈췄다. 자신들의 수에 압도당해 방어적으로 나오리란 예상이 초장부터 빗나갔다.

'오 보 간격, 지금!'

향혼추보로 거리를 압축한 단희연이 교구를 선회하며 검을 맹렬히 놀렸다.

멸혼회무검법 제삼초, 분선파혼무(分線破魂舞).

슈아아아앗!

엿가락처럼 길게 늘어지듯 발출된 예리한 검기가 횡단의 기세로 정면 공간을 수놓자 세 검수는 즉각 가슴 앞으로 검을 추켜세웠다.

쩌저정, 쩌저저정—!

요란한 금속성과 함께 기의 잔해가 커다란 파문을 퍼뜨린 순간, 세 검수의 신형이 심한 흔들림을 자아냈다.

하나같이 괴로운 표정들.

일검에 실린 검력이 버거운 탓이었다.

경쾌한 행로의 검초였으나 그에 담긴 힘은 너무나도 육중했다.

"쿠엑!"

비척거리던 검수 하나가 대뜸 선혈을 왈칵 뿜었다. 기혈이 진탕되어 내상을 입은 것이다.

단희연은 예전에 비해 눈부시게 증진된 자신의 공력을 새삼 실감했다. 막상 실전에 돌입해 단전을 힘껏 돌리니 그를 통해 발동되는 진기의 양이나 팽창 속도가 예상보다 훨씬 더 엄청났다.

'좋아, 제압할 수 있어!'

올차게 내딛는 발.

단희연의 신형이 맥동하는 진기를 한껏 끌어안고 매섭게 전진했다.

연속된 검초로 반격할 틈조차 주지 않으리란 의지였다.

후후훙, 후후후훙!

칼날이 손목을 축으로 삼아 원을 그리며 화려한 검영을 퍼뜨렸다.

단순히 눈을 속이기 위한 잔상이 아니었다. 그 전부가 막대한 공력이 담긴 검기였다.

바로 유령검법 제일초, 유령선영.

검영이 만든 원의 반경이 좁아지나 싶더니, 한순간 폭발하듯 넓게 터져 나갔다.

좌아아아아앗―!

세 검수는 미처 방비할 새도 없이 자신들 전면을 덮친 무수한 검기를 받고 전신에 구멍이 뚫려 즉사했다.

그때, 단희연의 좌측으로 육박한 검수 한 명이 사납게 검극을 내질러 왔다.

'어딜!'

그녀는 신속히 상체를 비틀어 검극을 어깨 너머로 흘려

보낸 후 좌수를 놀려 상대의 팔목을 덥석! 움켰다.

막대한 내공이 손아귀에 실렸다.

꽈드득!

"흐아아악!"

섬뜩한 파골음과 함께 역방향으로 꺾여 버린 팔목. 그 바람에 검수의 검극이 제 자신을 겨눈 꼴이 됐다.

단희연이 내력을 실은 손바닥으로 칼자루 끝을 때리자 예리한 칼날은 그대로 검수의 가슴 한가운데로 무참히 쑤셔 박혔다.

창졸간에 이어진 검수 둘의 습격.

이번엔 후방이었다.

등 뒤를 엄습하는 기척에 단희연은 고개도 돌리지 않고 발을 굴러 높이 도약했다.

파핫!

긴 머리칼을 휘날리며 솟구치는 동작이 그렇게 유려할 수가 없었다.

단희연의 발바닥 아래로 두 줄기 검풍이 비껴가며 공허한 소리를 남겼다.

허공에서 새처럼 신형을 뒤집어 지면으로 내려선 그녀는 자연스레 두 검수의 후방을 점했다.

유령선영이 다시 한 번 예기를 토하고.

푸푸푸푸푹—!

벌집처럼 등판을 꿰뚫린 두 검수는 비명조차 내뱉지 못한 채 숨을 거두었다.

남은 검수의 수는 다섯.

이쯤 되면 질릴 법도 한데, 그들은 여전히 십 보 남짓한 간격을 유지한 채 포위를 풀지 않고 있었다.

'방금 전 공격은 분명 좌우 견정혈(肩井穴)을 노린 점혈 검식이었어. 설마 날 생포할 심산인가? 왜⋯⋯?'

단희연은 정체 모를 적들이 무슨 이유인지 자신을 산 채로 잡으려는 듯하단 느낌을 받았다. 그러다가 갑자기 미간을 살짝 좁혔다.

'이런, 통증이⋯⋯.'

일련의 격렬한 움직임으로 인해 아직 완전히 아물지 않은 옆구리와 종아리의 상처가 다시 욱신거림을 선사한 까닭이었다.

검수들은 그 미세한 표정 변화를 놓치지 않은 듯 일제히 신형을 날려 포위망을 좁히고 들었다.

단희연도 싸늘한 안광을 토하며 검초를 전개했다.

후후훙, 후후후훙!

팽이처럼 핑그르르 도는 교구를 축으로 새하얀 검영이 빠르게 겹치고 겹쳐 거대한 회오리 방벽을 만들었다.

멸혼회무검법의 절초, 표풍난검무(飄風亂劍舞).

일류 검수라 하더라도 성취가 쉽지 않다는, 이른바 검막(劍幕)이라는 상승 공부. 그 묘용을 연상케 만드는 검초가 위용을 드러내는 순간이었다.

공격과 방어를 동시에 수행하는 장엄한 검세 앞에 검수들이 내뻗은 검격이 일제히 분쇄되어 흩어지고.

키리리링, 키리리리링—!

날카로운 금속성이 메아리치며 검수들의 신형이 뒤로 튕기듯 날아가 저마다 바위, 나무 따위에 등판을 처박고 털썩 나부라졌다.

겁도 없이 표풍난검무에 맞선 대가는 참혹했다.

어떤 자는 팔목이 반으로 잘려 나갔고, 어떤 자는 가슴이 무참히 꿰뚫렸으며, 또 어떤 자는 허리가 작두질을 당한 듯 통째로 끊겼다.

숨이 붙어 있는 자는 고작 둘.

사실상 끝난 싸움이나 마찬가지였다.

별안간 단희연의 고개가 모로 돌아갔다.

'끝이 아니구나! 또 있어!'

아니나 다를까, 무성한 수풀을 헤치고 모습을 드러내는 삼십 대 검수 한 명이 시야에 담겨 들었다.

사스케의 명을 받은 사마서였다.

"못난 것들!"

일갈하는 사마서의 등 뒤로 십여 명의 검수가 나타나 병풍처럼 도열했다.

'천 소협과 광진 스님을 보호해야 돼!'

단희연은 즉각 보법을 밟아 동굴 입구 앞쪽으로 가 서 며 살기를 내뿜었다. 찰나, 광진의 전음이 그녀의 귓전에 와 닿았다.

[적이 나타난 모양이군.]

[네. 정체는 알 수 없지만, 숫자가 제법 많아요.]

[흐음, 하필 이런 때에……. 어떤가, 감당할 수 있겠나?]

[물론이에요! 시간이 얼마나 남았죠?]

[거의 다 되었네. 조금만 더 버텨 주게.]

[네!]

단희연이 내공을 극성으로 이끌어 내자 일대 공기가 무 겁게 가라앉았다. 뒤이어 그녀가 밟고 선 지면이 미세하 게 떨리며 거미줄을 그렸다.

그 범상치 않은 기도에 사마서의 동공이 작은 파문을 퍼뜨렸다.

'호오, 이것 봐라?'

뒤쪽에 선 검수 몇몇이 신형을 날리려는 순간, 사마서 가 손짓으로 만류했다.

"아서라. 수적 우위는 무의미하다. 너희가 대적할 수 있는 무력이 아니야."

앞서 열한 명의 검수가 처참한 꼴이 된 것만 보더라도 상대의 무공 수위가 자신의 아래가 아님을 깨달은 그였다.

"계집, 과연 어느 정도의 그릇인지 내 직접 시험해 보도록 하지."

그 말이 끝나기가 무섭게 사마서의 신형이 지면을 타고 미끄러지듯 전진했다.

동시에 두 다리를 기둥처럼 박고 선 단희연의 검날이 춤을 추듯 허공을 휘저으며 백색의 검영을 뿌렸다.

슈아아아악—!

*　　　　　*　　　　　*

연거푸 절기를 교환한 천공과 천마존의 공력은 이제 바닥을 드러내고 있었다.

"헉…… 헉……! 이 끈질긴 새끼!"

분한 듯 이를 가는 천마존의 주먹이 부르르 떨렸다.

극성의 천마대멸공을 잇달아 구사했지만 천공을 쓰러뜨리는 데 결국 실패해 짜증이 치민 것이었다. 더불어 일백초가 넘는 치열한 경합 끝에 패하고 만 기억까지 그의 심중을 할퀴고 들었다.

천공이 마주 펼친 절기는 천마대멸공에 못지않은 위력을 자랑했다.

천마대멸공이 해일처럼 흑색 기파를 일으킬 때마다 천공의 쌍수가 발출한 핏빛 기류가 거대한 마귀의 손으로 화해 그 기파를 손아귀 속에 넣고 구겨 버렸다.

그것도 무려 세 번을 연달아.

천마존은 이미 일 년여 전 천공과 맞섰을 때 예의 절기를 경험한 바 있었다. 그래도 여전히 적응하기가 쉽지 않았다.

'저 빌어먹을 괴상한 절기는 변함없이 짜증을 치솟게 만드는군! 제기랄, 놈이 익힌 마공은 도대체 누가 창조한 것이란 말인가?'

그 기원이나 명칭이라도 알면 가슴속을 헤집는 분함이 조금은 덜할까.

천마존은 더 이상 펼쳐 보일 마땅한 절기가 없었다.

지칠 대로 지친 이유도 있지만, 기실 상위 오대절기 가운데 칠성 수위로 구사할 수 있는 것은 천겁마인과 천마대멸공, 두 가지뿐이었다. 나머지 세 가지는 팔성, 구성, 십성에 이르러야 차례로 시전이 가능했다.

'큼! 아쉽구나. 내 공력이 조금만 더 높았어도······.'

예전 천공이 정신을 잃었을 때 내공을 팔성 이상으로 회복하지 못한 것이 천추의 한이었다.

천마존과 마찬가지로 지친 기색이 역력한 천공도 손속을 전개할 절기가 마땅치 않았다. 물론 천마대멸공을 막은 절기 외에 몇 가지 절기가 더 존재하나 현재 공력 수위론 시전이 불가능했다.

'역시 늙은 마귀의 손속은 대단하다. 금강불괴 초입에 도달했기에 망정이지, 하마터면……'

천공은 비전 밀술을 통해 힘을 회복하며 금강불괴의 첫 단계인 외호금강경(外護金剛境)을 일부 성취한 상태였다.

검과 도를 쓰더라도 해할 수 없다는 금강불괴지체는 세 단계로 나뉘는데, 신체를 강화해 외부 충격으로부터 보호하는 경지가 바로 외호금강경이었다. 이를 완벽히 발휘하려면 일신의 공력이 적어도 육성에 이르러야 했다.

그는 심계로 들 때 밀종 법술의 도움을 받아 외호금강경의 묘용을 영혼지체를 보호하는 데에 응용했고, 덕분에 가까스로 천마대멸공의 가공할 기파를 거듭 버텨 낼 수 있었다.

만약 외호금강경의 묘용을 십분 응용하지 못했다면 연속으로 전개된 천마대멸공에 의해 영혼지체가 상하고 말았으리라.

일 장 간격을 두고 자리한 천마존이 비릿한 조소를 흘리며 말했다.

"후훗, 아쉽지만…… 네놈의 영혼을 멸해 버리는 것은 다음 기회로 미루는 수밖에 없겠군."

"그래? 한데 어떡하지? 난 이 기회를 절대 놓치지 않을 생각이거든."

"카하! 어디서 감히 호기를 부리는 것이냐! 이제 뽐낼 절기도 마땅치 않은 주제에."

"뭐…… 그렇긴 하지."

"한편으론 불쌍하구나. 심계의 대결을 통해 날 완전히 소멸시키고 싶었을 텐데, 결국 그 뜻을 이루기 힘들게 됐으니 말이다. 자, 그만 포기하고 심계 밖으로 꺼져라. 피곤하다."

"고맙다."

천공의 느닷없는 소리에 천마존의 눈썹이 실룩 실그러졌다.

"뭐?"

"공력을 아끼지 않고 상대해 줘서 고맙다고."

"미친……. 그게 뭐 어쨌다는 거지?"

"뭐긴 뭐야. 드디어 네 영혼을 봉인할 때가 됐다는 뜻이지."

천공이 돌연 의미를 알 수 없는 수인을 만들며 주문을 외자 심계 위쪽 공간이 활짝 열리며 빛줄기가 마구 쏟아져 내렸다.

츄아아아아아아아—!

장중한 기세로 낙하하는 금색 휘광.

동시에 심계의 바닥이 지진이라도 난 듯 심하게 요동치기 시작했다.

천마존은 시야를 어지럽히는 휘황찬란한 빛줄기를 보며 왠지 모를 불안감에 젖었다.

'저것…… 심상치 않다!'

그때, 천공이 두 눈을 번뜩이며 허공에 대고 외쳤다.

"광진 스님! 지금입니다!"

직후, 광진의 우렁찬 전성이 심계 전체에 메아리처럼 울려 퍼졌다.

[천공! 밀류봉령술(密類封靈術)이 시전될 것이니 공력을 최대한 모아 영혼지체로 엄습할 고통에 대비하게!]

천공은 즉각 핏빛 마기를 운용해 방패를 두르듯 자신의 몸을 감쌌고, 사납게 퍼붓던 빛줄기는 곧 천마존이 선 자리의 사위를 둥그렇게 포위했다.

"너희가 감히……!"

격노한 천마존은 무리하게 천마대멸공을 이끌어 냈다.

콰콰콰콰콰!

원형으로 퍼져 나간 흑색 마기의 파도가 빛줄기와 부딪치며 요란한 굉음을 자아냈다.

쿠아아아앙!

일순 천마존의 눈동자가 급격히 커졌다.

'아뿔싸! 이 빛줄기는 그 고려 땡추가 발하는 공력인가!'

사방을 감싼 예의 빛줄기는 쇠창살처럼 더없이 견고했다.

온전한 상태에서 구사한 천마대멸공이라면 모를까, 바닥을 드러내기 직전인 부족한 내공으로 구사한 천마대멸공은 아무런 소용이 없었다.

"갈! 네놈이 준비한 비장의 수가 이것이었더냐!"

천마존이 핏대를 세우며 고함친 찰나, 빛줄기가 그물처럼 그의 신형을 옭맸다.

"크아악, 크아아아아악!"

천마존의 입술을 비집고 터져 나오는 날카로운 비명.

뒤이어 천공도 전신의 근육을 찢어발기는 듯한 고통을 느끼며 비명을 토했다.

"으아아아악……!"

둘의 사나운 몸부림이 그 괴로움을 대변하고 있었다.

천마존은 어떻게든 자신의 몸을 속박한 빛줄기를 파훼하려 했으나 역부족이었다. 내공을 다량 소진한 상태로 온전한 광진이 발한 밀술의 괴력을 감당하기란 무리였다.

이윽고 천마존의 신형은 빛줄기가 만든 촘촘한 그물에 의해 완벽히 제압당했다.

그때, 광진의 전성이 다시 심계를 울렸다.

[악한 마혼이여, 대일여래의 권능을 빌려 명하노니, 네 크나큰 죄업을 반성하며 그만 깊은 잠에 들도록 해라!]

전성이 끝나기가 무섭게 심계 위쪽, 광활한 허공으로부터 금색으로 번쩍이는 네모반듯한 장막이 내려와 천마존을 완벽히 가두었다.

텅, 터덩, 텅!

흡사 커다란 관 속으로 들어가 버린 듯한 광경.

천공은 고통스러운 와중에도 두 눈을 부릅뜬 채 그 과정을 놓치지 않고 전부 지켜보았다.

'끄흐윽! 드디어…… 끝난 건가?'

별안간 천마존을 완벽히 봉한 빛의 장막이 미세한 파문을 일으키며 좌우로 흔들렸다.

아마도 마지막 발악이리라.

예의 떨림은 오래지 않아 뚝 그쳤고, 심계는 금세 무거운 정적에 휩싸였다.

천공은 육신을 괴롭히던 통증이 점차 사그라지는 것을 느끼며 힘겹게 고개를 들어 올렸다.

밀종의 법술이 가져다준 지독한 고통에 하마터면 천마존보다 먼저 정신을 잃을 뻔했다. 정말이지, 이 같은 일은 두 번 다시 경험하고 싶지 않았다.

'세상에 쉬운 길이란 없구나. 후우……'

나지막이 한숨을 뿜은 그는 비척비척 걸음을 옮겨 천마존이 갇힌 금빛 장막 가까이로 다가섰다.

꼼짝달싹 못하게끔 전면을 봉쇄해 버린 밀류봉령술의 놀라운 묘용. 상하, 좌우를 완벽히 틀어막은 그 눈부신 장막을 보고 있자니 비로소 천마존 영혼이 봉인되었다는 게 실감이 났다.

"앞으로 두 번 다시…… 나와 마주할 일은 없을 것이다, 늙은 마귀."

다른 한편으론 아쉬운 생각도 들었다.

기연이나 다름 아닌 비전 밀술을 통해 공력을 육성 이상으로 회복했다면 상대를 완전히 멸해 버릴 수 있었을 텐데, 하는 아쉬움이었다.

그러다가 냉큼 자신의 머리를 가볍게 쥐어박으며 고개를 가로저었다.

'이런, 내가 지금 무슨 생각을 하는 거야. 천마존을 봉

인한 것만 하더라도 큰 수확인데. 사람 욕심은 끝이 없다더니…… 아직도 수행이 부족하구나.'

그때, 광진의 전성이 귓전에 불쑥 와 닿았다.

[천공, 괜찮은가?]

허공으로 시선을 던진 천공이 목소리를 높여 답했다.

"다행히 크게 다친 곳은 없지만, 내공을 너무 많이 소진해 기력이 부족합니다."

[그럼 힘을 아끼게. 내가 대신 주문을 외워 자네를 심계 밖으로 끌어내도록 하지. 실은 지금 밖의 사정이 꽤나 소란스럽다네.]

"소란스럽다니요?"

[정체 모를 적의 무리가 위협을 가하고 있어.]

"아……! 그럼 단 소저가 홀로 상대하는 중입니까?"

[그렇다네. 자, 어서 준비하게.]

"알겠습니다!"

천공은 그 말과 함께 주먹을 꽉 움켰다.

'하필 이런 때 적이 나타나다니…….'

＊   ＊   ＊

카가강!

귀를 찢을 듯한 금속성에 이어…….

"크윽!"

짤막한 신음을 흘린 사마서의 신형이 휘청대며 십 보 뒤로 밀려났다.

단희연의 검세가 쏟아 내는 공력은 가히 일절이었다.

칼날이 예리한 선을 그릴 때마다 육중한 검풍과 검기가 발출돼 오 보 이내의 접근을 불허했다.

벌써 이십여 합.

사마서는 그렇듯 합을 나누는 동안 단 한 번도 제대로 검을 찔러 넣지 못했다.

"망할!"

살초를 삼간 채 그녀를 제압하기란 여간 어려운 일이 아니었다. 아니, 살초를 전개한다 하더라도 제압할 수 있으리란 확신이 서지 않았다.

'저 계집, 검술 운용은 나와 비슷한 수준인 듯싶은데 공력의 격차를 좁히기가 힘들구나! 이래서야…….'

단희연은 석상처럼 동굴 앞에 지키고 선 채 엄엄한 눈빛을 쏘아 보냈다.

"당신들! 도대체 우리가 무슨 잘못을 했다고 이러는 거지?"

그러자 사마서가 욱신거리는 손목을 가볍게 돌리며 입꼬리를 실쭉 올렸다.

"훗, 본 궁의 영역에 발을 들인 게 잘못이라면 잘못이
랄까."

순간, 단희연의 동공 위로 이채가 스쳤다.

'본 궁이라고? 아니, 신비괴림을 근거로 삼는 문파가
존재한단 말이야?'

금시초문이었다.

그녀는 문득 오늘 오전 무렵, 삼십 장 밖의 나무들 사
이로 사람 형상 같은 것이 아른거리던 장면을 떠올렸다.

'아, 그 그림자의 정체가 바로 이들이었구나! 내가 헛
것을 본 게 아니었어!'

일순 사마서가 거리를 재나 싶더니 지면을 딛고 허공을
격해 정면으로 돌진했다.

질세라 단희연의 검이 접근을 용납할 수 없다는 듯 위
에서 아래로, 또 아래에서 위로 궤적을 그으며 화려한 검
영을 파생시켰다.

파아아아아앗—!

고혹적인 여인이 그려 내는 잔학한 검식.

다섯 가닥의 백색 검기가 저마다 잔상을 남기며 상대의
머리와 팔다리를 한꺼번에 노리고 들었다.

멸혼회무검법 제오초, 백검오살무(白劍五殺舞)였다.

그 위력적인 살초 앞에 사마서가 하강하며 손속을 어지

러이 놀렸다.

퍼퍼퍼퍼펑!

연속된 다섯 번의 파공성.

"윽!"

인상을 찡그린 사마서는 도약해 돌진했을 때보다 더 빠른 속도로 후퇴했다. 하지만 곧 신속히 균형을 잡고 서며 다시 보법을 밟았다.

끈기일까, 오기일까.

그것을 본 단희연의 입가에 싸늘한 냉소가 맺혔다.

'흥, 그 실력으론 어림없어!'

한데 그때, 좌측으로부터 빠르게 다가오는 낯선 기척이 날선 육감에 감지됐다.

'지척이다! 상당한 고수야!'

단희연이 고개를 비튼 순간, 잎이 무성한 나뭇가지 사이로 표홀한 경공술을 펼쳐 날아드는 한 인영이 보였다.

고슴도치 같은 머리칼을 가진 오십 대 승려.

고려 항마군의 배신자 도침이었다.

옷자락을 펄럭이며 단숨에 십 보 내로 육박한 그가 검극을 세차게 내질렀다.

화르르륵!

불꽃 문양이 새겨진 업화신검의 칼날으로부터 드센 화

염이 발출되자 똑바로 돌진하던 사마서의 검도 보조를 맞추듯 한 가닥 검기를 내뿜었다.

양방향을 동시에 노리는 공세.

단희연은 망설일 것도 없이 절초 표풍난검무를 펼쳤다.

후후후후훙—!

검영이 모여 만든 회풍(廻風)의 방벽에 의해 사마서의 검기는 무참히 쇄파되었고, 도침의 화염은 일시에 빨리듯 휩쓸려 허공중으로 흩어졌다.

단희연의 시선이 신속히 도침의 행색을 내리훑었다.

먹빛으로 물든 법의와 창천의 색을 닮은 가사. 너무나도 눈에 익은 차림새였다.

'광진 스님과 똑같은 법복이잖아?'

한편, 표풍난검무의 위력에 적잖이 놀란 도침이 곁눈질로 신호를 보내자 후방에 대기하고 있던 검수들이 일제히 단희연을 향해 내달렸다.

[사마서! 내가 동혈의 기관진을 발동시킬 터이니 그 여검수의 발을 묶어 두라!]

도침의 전음에 고개를 끄덕인 사마서는 즉각 휘하 검수들과 어우러져 합격을 펼쳤고, 단희연은 즉각 멸혼회무검법의 살초를 연달아 뿌리며 맞섰다.

그 틈에 도침은 경쾌한 신법을 구사해 동혈 안으로 발

을 내디뎠다. 그런 그의 눈동자 위로 가부좌를 튼 광진의 뒷모습과 마주 가부좌를 튼 천공의 얼굴이 비쳤다.

'역시 광진, 네놈이었어!'

번뜩이는 동공에 이내 짙은 살기가 감돌았다.

'옳아, 저 청년에게 모종의 밀종 법술을 베푸는 중인가? 무슨 사연인지는 모르지만 내겐 절호의 기회로군. 예서 성불시켜 주마! 광진!'

화르르르륵!

업화신검의 검날 위로 사나운 불꽃이 피어오르는 찰나, 날카로운 검기가 그 뒤통수로 빠르게 육박했다.

화들짝 놀란 도침이 신형을 선회하며 업화신검을 휘둘러 검기를 방어했다.

퍼어엉―!

손목을 타고 전해지는 저릿한 통증에 도침의 면상이 한껏 일그러졌다.

'윽! 묵직한 검력이다!'

예의 검기의 주인은 단희연. 그 짧은 시간 동안 폭풍 같은 검세를 뿌려 사마서 패거리를 일제히 물러나게 만든 후 동혈로 드는 도침 쪽으로 검기를 날린 것이었다.

"네 이년!"

고함친 도침이 업화신검을 쭉 내지르자 검극으로부터

거대한 불덩어리가 연방 쏟아져 나갔다.

화아악! 화악, 화아악!

암벽마저 녹여 버릴 듯한 가공할 염기(炎氣)의 쇄도에 단희연은 동혈로 진입하지 못하고 교구를 뒤로 물렸다. 직후 사마서를 비롯한 검수들이 기다렸다는 듯 그녀를 에워싸며 재차 합격을 구사했다.

때마침 주문을 끝낸 광진과 심계를 벗어난 천공이 동시에 눈을 번쩍 떴다.

도침은 본능적으로 그 기척을 읽었다.

'아뿔싸! 광진이 깨어났다!'

기겁한 그가 신형을 뒤돌려 뜨겁게 이글거리는 업화신검을 휘두르는 찰나, 금강저를 움킨 광진이 강맹한 금빛 경력을 토했다.

꽈광!

폭성과 함께 반탄지력에 밀린 도침의 신형의 동혈 입구로 튕겨져 나갔다.

"제 발로 나타났구나! 도침!"

대갈한 광진이 동굴 밖으로 쇄도하려는 순간, 도침이 손가락을 튕겨 지풍을 쏘았다.

슈우욱, 퍼억!

동혈 입구 좌측의 벽면 한 곳을 격타한 지력.

구르르르릉.

돌연 동혈 내부가 진동하더니 거무튀튀한 철벽이 천장을 깨부수고 떨어져 내려 순식간에 입구를 차단했고, 광진과 천공은 간발의 차이로 그 안에 완벽히 갇혀 버렸다.

도침은 입구를 빈틈없이 틀어막은 철벽을 쓰다듬으며 대소했다.

"껄껄껄껄! 어리석은 광진아, 그 기관진은 절대 무력으로 뚫고 나올 수 없느니라."

바로 그때, 단말마의 비명이 연달아 울려 퍼졌다.

황급히 고개를 돌린 도침의 시야로 선혈을 뿌리며 쓰러지는 검수들의 모습과 복잡한 검영을 회수하는 단희연의 모습이 차례로 담겨 들었다. 그녀와 맞서 생존한 자는 사마서를 포함해 네 명에 불과했다.

'정말 볼수록 놀라운 계집이다! 아무래도 생포는 무리일 듯싶은데……'

도침은 즉각 극성의 내공을 업화신검으로 주입하며 보법을 밟았다.

그 순간, 단희연이 연속된 검격으로 네 자루의 검을 모조리 쳐 낸 후 향혼추보를 전개해 도침을 똑바로 노리고 들었다.

눈 깜짝할 사이 십 보 내로 좁혀진 간격.

도침의 업화신검으로부터 불기둥이 발출되자 그에 맞선 단희연의 검날이 일직선의 검기를 뿌렸다.

그렇게 서로의 공세가 격돌하며 따가운 파공음을 터뜨린 찰나, 산개하던 불꽃의 기파가 갑자기 두 갈래 불기둥으로 화해 휘어지듯 좌우를 쇄도해 들었다.

'웃……!'

미처 예상하지 못한 변식이었다.

단희연은 호흡지간 한 가지 검초를 떠올렸다.

예전 천공이 객잔에서 펼친 바 있던 검초, 유령검법 제이초, 유령홰비.

짧은 순간 그 초식의 행로를 정확히 기억해 냈다.

좌우로 쇄도하는 상대의 위맹한 공격을 파훼할 수 있는 적절한 검초였다. 바로 지금이라면 능히 펼칠 수 있을 것 같았다.

단희연은 검날을 눕혀 가슴 앞으로 살짝 끌어당기더니 세차게 쭉 내질렀다.

쐐애액!

극점에 이른 검날이 곤충의 날갯짓처럼 좌우로 쾌속하게 흔들리자 서늘한 검기가 화려히 폭사되었다.

촤촤촤, 촤촤촤촤—!

유령홰비의 검력 앞에 두 갈래의 불기둥은 안개처럼 마

구 흩어져 허공중으로 사라졌다.

도침의 두 눈이 크게 동요했다.

'가히 놀라운 재능이구나. 내 소싯적 성취도 이 정도는 아니었거늘.'

"어서 저 철벽을 열어!"

단희연의 앙칼진 외침에 도침의 입술이 밉살스러운 조소를 머금었다.

"후훗, 미안하지만 그들은 이미 기관진에 안배된 지하로 떨어져 독무에 중독되고 말았을 것이야."

"네 감히……."

단희연의 낯빛이 별안간 흠칫 굳었다. 옆구리와 종아리가 다시 아파 왔기 때문이다. 특히 옆구리의 통증이 심했다.

'윽, 너무 무리했어!'

등 뒤로 사마서와 휘하 검수들이 다가드는 것이 감지됐지만, 허리를 비틀기가 힘들었다.

그때, 복잡하게 얽힌 나뭇가지들 사이를 뚫고 나온 한 인영이 돌개바람처럼 운신해 그녀 뒤로 접근하던 검수들을 사납게 덮쳤다.

파바밧—!

요란한 풍성과 함께 휘몰아치는 장력.

어느 정도의 위력인지 가늠조차 힘든 육중한 기파가 장

심을 통해 쏘아지자 한 검수가 가슴이 으스러져 삼 장 밖
으로 튕겨 나갔다.

인영의 얼굴을 확인한 단희연이 반색하며 소리쳤다.

"소협!"

철장신풍개 승궁인, 그였다.

승궁인은 눈짓으로 화답하기가 무섭게 들입다 쌍장을
내질렀다.

개방의 절예, 파옥신장.

바람을 가른 송곳 같은 장세는 그대로 두 검수의 몸통
에 큼직한 구멍을 뚫어 버렸다. 비명을 지를 시간조차 주
지 않은, 쾌속한 공세였다.

승궁인의 고강한 무위에 도침의 안색이 일변했다.

'여간이 아니구나!'

때론 빨리 포기할 줄도 알아야 하는 법이다.

도침은 더 머뭇대지 않고 경공술을 전개해 숲 저편으로
향했다. 이에 사마서도 낭패한 기색으로 그 뒤를 따랐다.

"거기 서!"

일갈한 단희연이 땅을 박차려는 순간, 승궁인이 황급히
그녀의 어깨를 붙들었다.

"소저, 일단 진정해요. 함부로 쫓다간 다른 함정에 빠
질 수도 있습니다."

"저들의 정체가 뭔지 알아요?"

단희연이 묻자 승궁인의 눈빛이 무겁게 가라앉았다.

"일백 년 전에 명맥이 끊긴 것으로 알려진 구천혈궁(九泉血宮)의 무인들입니다."

"구천혈궁?"

단희연은 그 이름이 생소한 모양인지 머리를 갸웃했다.

"대다수 강호인들은 잘 알지 못하는 세력이지요. 참, 천 소협이 혹시 동혈 안에 갇혔습니까?"

"맞아요. 그러니 어서 철벽을 뚫어야 해요."

"저 철벽은 천년묵철(千年墨鐵)로 이뤄져 있답니다. 십대무신이 온다 하더라도 깨부수기 힘들지요."

"아니, 그게 무슨 말이에요! 노력해 보지도 않고……."

"내가 이미 시도해 봤지만 허사였습니다."

"네? 그러면 혹시……."

그러자 승궁인이 고개를 주억거렸다.

"며칠 전, 동방휘도 똑같이 당했습니다."

"……!"

"일단 이곳을 벗어난 다음 이야기를 나누도록 해요. 구천혈궁이 언제 또 암수를 뻗어 올지 모르니까요."

15장.
구천혈궁(九泉血宮)

단희연과 승궁인이 걸음을 옮기려는 찰나.

꾸구구구궁.

동혈 내부로부터 뭔가 진동하는 소리가 아련히 울리나 싶더니, 이내 철벽이 천장 위로 자취를 감추며 입구를 활짝 개방했다.

놀란 단희연은 즉각 아픈 옆구리를 붙잡고 운신해 동혈 안으로 발을 들였다.

"천 소협! 광진 스님! 안에 있어요?"

목청을 돋워 외쳤지만 공허한 메아리만 울릴 뿐, 천공과 광진의 모습은 온데간데없었다. 당연히 기척 또한 전무했다.

앞서 도침의 말마따나 모종의 기관진이 발동해 지하로 떨어져 버린 모양인데……

단희연이 초조함을 안고 눈으로 바닥을 훑어 나갔다.

'그 승려의 말…… 분명 동혈 지면 어딘가에 밑으로 향하는 통로가 감춰져 있다는 의미였어.'

하나 지하로 향하는 길이나 그것을 여는 장치 따위 일절 눈에 띄지 않았다.

'아아, 둘 다 이미 독무에 중독된 상태라면 어떡하지?'

그녀의 곁으로 온 승궁인이 고개를 절레절레 흔들었다.

"소저, 소용없어요. 육안으론 절대 그들의 흔적을 찾기 힘들어요."

단희연은 못내 분한 듯 붉은 입술을 지그시 감쳐물다가 나지막이 물었다.

"동방 공자도…… 이런 식으로 실종됐나요?"

"예. 짐작컨대, 동굴이 차단되며 추가로 진이 발동해 어딘가로 사라지게 만든 것이 확실합니다."

두 눈을 반짝인 단희연은 아까 승궁인이 나타나기 직전 도침으로부터 들은 말을 가르쳐 주었다. 이에 승궁인의 안색이 살짝 굳어졌다.

"구천혈궁이 함정과 연계해 지하 미로를 구축해 놓은

것이 분명하군요. 설마 그 보고서의 내용이 사실이었다
니……."

뭔가 짐작이 간다는 말투.

승궁인의 표정을 읽은 단희연이 검을 칼집에 꽂아 넣으
며 말했다.

"구천혈궁인지 뭔지, 사람을 납치할 목적으로 이렇듯
동굴에 진을 설치해 놓은 듯싶은데…… 승 소협이 알고
있는 사실을 내게 전부 가르쳐 줘요."

"이곳은 위험하니 소저는 그만 떠나는 게 어때요? 상처
도 제법 아물었잖아요."

"아뇨, 그럴 수 없어요."

단호한 거절에 승궁인은 일전 귀견옹이 그녀를 배신하
고 죽이려 했던 광경을 떠올렸다.

"귀검성과 사이가 틀어진 탓에 당장 머물 곳이 마땅하
지 않아 그러는 겁니까? 차라리 잘됐어요. 이참에 본 방
으로 와요. 내가 어떻게든 사부님과 장로님들을 설득할
테니……. 본 방의 힘에 기대면 복수는 언제든지 할 수
있습니다."

"귀검성, 구예, 복수…… 그런 것 따윈 벌써 머릿속에
서 지워 버렸어요."

냉정한 빛이 감도는 단희연의 동공.

승궁인은 그제야 뭔가 다른 이유가 있음을 깨달았다.

"그새 사연이 생긴 모양이군요."

"날 걱정해 주는 마음은 고마워요. 한데 난 이미 천 소협과 함께하기로 약속을 했어요. 그는 맨 첨부터 한사코 거절했지만 내가 끝까지 고집을 부려 겨우 승낙을 받았죠. 그러니 그를 구하기 전까진 이곳을 떠나지 않을 거예요."

"유령검법 때문입니까?"

"물론 그것도 큰 이유 중 하나죠."

'단 소저와 나는 여전히 길이 어긋나는구나. 그렇게라도 곁에 두어 마음을 얻고 싶었는데⋯⋯. 훗, 우린 결국 남녀로서 이뤄지기 힘든 인연이란 말인가.'

승궁인은 못내 아쉬웠지만 내색하지 않고 말했다.

"열흘 사이에 서로 이야깃거리가 많이 생긴 것 같네요. 어쨌든 너무 걱정하지 말아요. 실종된 일행은 구천혈궁 본거지를 찾으면 다시 만날 수 있으리라고 생각합니다."

단희연이 짧은 한숨을 섞어 말했다.

"함정에 빠져 버린 이상 서로 살아서 만날지 죽어서 만날지 장담할 수 없잖아요."

예의 독무가 신경 쓰인다는 뜻. 어떤 성질을 가진 독 안개인지 알 수 없으니 당연한 걱정이었다.

승궁인이 그런 그녀를 안심시켰다.

"납치가 목적이라면 생명을 위독하게 만드는 독성은 쓰지 않았을 겁니다."

"흠, 그 말도 일리는 있네요."

"아무튼 대화는 잠깐 미루고, 날이 곧 어두워질 테니 오늘 밤을 보낼 안전한 장소부터 찾고 봅시다."

그렇게 두 사람은 서둘러 동혈 밖으로 향했다.

*　　　*　　　*

지하에 마련된 장방형의 인공 통로.

천장 높이가 무려 육 장, 그리고 벽면 사이 너비가 삼 장쯤 되는 긴 통로였다.

어둠을 뚫고 광진의 음성이 나지막하게 울렸다.

"천공, 괜찮은가?"

"예. 그것보다…… 사방이 너무 캄캄하군요."

천공의 말대로 지하 통로는 빛 한 줄기조차 들지 않아 지척에 있어도 그 얼굴을 알아보기 힘들 정도였다.

광진이 내공을 운용하자 금강저가 금빛 광채를 물씬물씬 퍼트리며 공간 일부를 밝혔다.

두 사람은 약속한 것처럼 동시에 천장으로 시선을 던졌다.

방금 전 자신들을 이곳으로 떨어지게 만든 구멍을 찾는 중. 하지만 천장 어디에도 구멍이나 그 비슷한 흔적은 보이지 않았다.

천공이 고개를 절레절레 흔들며 푸념처럼 말했다.

"이런…… 어느새 닫혀 버린 모양입니다."

눈에 띄는 것이라곤 벽면과 천장에 비쳐 아른거리는 자신들 그림자뿐.

내공을 운용한 광진이 즉각 벽면을 파바박! 차 딛고 오르더니 금강저로 천장을 강하게 쳤다.

콰아앙!

소리는 요란했지만 미세한 균열조차 가지 않았다.

광진이 표홀한 경공술로 다시 지면으로 내려서며 혀를 내둘렀다.

"허어, 평범한 돌이 아니구먼."

"도대체 누가 이런 걸 만들어 놓은 걸까요?"

그때, 벽면의 네모반듯한 벽돌들이 별안간 그르르륵! 소리를 내며 차례차례 무작위로 움푹 꺼졌다. 곧이어 그로부터 녹색 연기가 세차게 뿜어져 나왔다.

슈슈슈슈슈.

동시에 천공과 광진의 안색이 흠칫 굳었다.

정체불명의 짙은 독무.

두 사람은 황급히 소맷자락으로 코와 입을 가린 채 복도 저편으로 내달렸다. 하지만 그들이 지나치는 족족 벽면의 벽돌들이 빠르게 꺼져 들어가며 연신 독무를 발출했다. 흡사 술래잡기라도 하듯.

앞서거니 뒤서거니 전진하던 천공과 광진은 이윽고 통로 끝을 지나 널따란 원형 석실로 발을 들였다.

두 사람은 금강저가 발하는 빛에 의지해 내부를 살피다가 낭패한 기색을 내비쳤다. 삼방이 막혀 있는 막다른 공간이었기 때문이다.

그때, 예의 녹색 안개가 입구를 지나 석실 안으로 스미기 시작했다.

스스스, 스스스스.

광진은 냉큼 큼직한 부적 한 장을 꺼내 석실로 드는 입구 바로 앞쪽 바닥에 붙이곤 밀종 고유의 수인을 만들었다.

입술이 달싹거리며 주문이 흘러나오자 부적에서 빛살이 뿜어져 나와 거대한 신장의 형상으로 바뀌었다.

오색찬란한 투구와 황금 비늘로 덮인 엄심갑. 청룡, 황룡, 적룡 장식이 어우러진 견갑. 그리고 날카로운 윗니와 아랫니를 드러낸 흉측한 귀면(鬼面) 장식이 달린 복갑.

왼손엔 여의주, 오른손엔 작은 용 한 마리를 움킨, 가히 위엄스러운 신장이었다.

천공은 순간 큰 경이로움을 느꼈다.

'저것은…… 증장천왕(增長天王)!'

불법을 수호한다는 네 명의 외호신(外護神), 사천왕(四天王) 중 하나.

유리타(琉璃埵)의 증장천왕.

광진이 주문을 바꾸자 돌연 증장천왕 좌수의 여의주가 영롱한 빛을 뿜었고, 동시에 작은 용이 우수를 빠져나와 입을 쩍 벌렸다.

촤아아아아아아—!

요란한 풍성과 함께 석실 안으로 스미던 독무는 일제히 용의 입속으로 빨려 들어갔고, 그렇게 반각 정도 시간이 흐르자 온데간데없이 완전히 사라져 버렸다. 여의주와 감응한 용이 독무를 전부 삼켜 없앤 것이다.

증장천왕은 제 할 일을 다 했다는 듯 연기처럼 허공중으로 보얗게 흩어지더니 이내 소멸했다.

직후 광진이 신형을 비틀대며 무거운 한숨을 뿜었다.

"크으음……."

놀란 천공이 얼른 그 곁으로 다가가 몸을 부축했다.

"너무 무리하신 것 아닙니까? 이미 밀류봉령술로 노마귀의 영혼을 가두느라 많은 힘을 소진하신 상태일 텐데……."

광진이 머리를 끄덕이자 이마에 영근 땀방울이 법복 위로 뚝뚝 떨어졌다.

"자네와 마찬가지로…… 나도 이젠 내력이 바닥을 드러내기 직전이라네."

그 말을 증명하듯 금강저가 발하는 광채가 눈에 띄게 희미해지고 있었다.

광진은 석실 벽에 등을 기대고 털썩 주저앉으며 말을 이었다.

"소환술 시전은 가급적 삼가려 했는데……."

"정말 대단하십니다. 전 그런 소환술은 처음 봤습니다."

"소환술은 그 묘용이 엄청난 만큼 내공 소모도 빠르지. 또한 소환 대상이 강할수록 지속 시간도 짧고. 그나저나…… 방금 전 그 독 안개는 정령독무가 틀림없네."

"정령독무요?"

"체내로 깊이 흡입하는 순간 짧은 시간 안에 온몸이 마비되고 끝내 정신까지 잃고 마는 맹독인데, 기실 상위 내가고수(內家高手)가 아니면 당해 내기 어렵다네. 어찌 아느냐고? 자네, 맨 처음 독 안개가 피부에 살짝 와 닿았을 때 잠시간 눈앞으로 하얀 점들이 어른거리며 미약한 현기

증이 일지 않았나?"

"예, 그랬습니다."

"그게 바로 정령독무라는 증거일세."

"과연 독에 대해 해박하시군요. 지난번 단 소저가 당한 절백잠독도 간파해 내시더니……. 흐음, 그럼 이 지하 공간의 용도는 사람을 가두어 정령독무로 기절시킨 다음 어딘가로 끌고 가기 위함인 걸까요? 의당 죽일 목적이라면 정령독무가 아닌 다른 맹독을 썼으리라 생각됩니다만."

"내 생각도 그러하네. 아마 석실 내부 어딘가에 출입이 가능한 장치가 숨겨져 있음이 틀림없어."

그렇다 하더라도 함부로 벽면을 더듬어 찾아보긴 힘든 상황이었다. 다른 종류의 함정이 안배되어 있을지도 모르니까.

"참, 아까 동굴에 불쑥 나타났던 승려가 혹시……?"

"그래, 자네 짐작이 맞네. 내가 여태껏 쫓던 항마군의 변절자……. 행실에 어울리지 않게 도침이란 법명을 쓰지."

"그가 손에 쥐고 있던 칼이 바로 업화신검이로군요."

광진이 고갯짓을 하며 읊조리듯 중얼거렸다.

"기껏 예까지 와 도침을 코앞에서 놓치고 함정에까지 빠지다니, 꼴이 참 말이 아니로다."

"도침과 이 의문의 지하 공간이 대체 어떤 연관이 있는 것인지 궁금하네요. 심지어 다른 사람들까지 달고 왔지 않습니까?"

"짐작컨대, 도침 뒤에 모종의 세력이 도사리고 있는 듯싶네."

"신비괴림을 근거로 삼는 세력이 존재한다는 말은 들어보지 못했지만, 그래도 가능성을 배제할 수는 없겠지요."

천공은 그 말과 함께 두 눈을 지그시 감고 상념에 잠겼다.

"적과 싸우던 희연의 안위가 염려스러운 겐가?"

광진의 나지막한 물음에 천공이 다시 눈을 떴다.

"단 소저는 분명 현명하게 대처해 무사히 몸을 뺐을 겁니다. 하나…… 차후 날 구하려고 위험한 길을 자처할까 봐 그게 걱정입니다."

막상 일이 이렇게 되고 보니 괜한 약속을 한 게 아닌가 하는 후회가 들었다. 자신 때문에 다른 누군가가 곤궁에 처하게 되는 일은 결코 바라지 않았는데…….

"희연은 필시 자네를 구하기 위해 신비괴림을 떠돌 것이야. 자, 그런 그녀를 생각해서라도 이곳을 빠져나가야 하지 않겠나."

"광진 스님, 지금부터 부지런히 운기조식으로 축기를

해 두는 게 좋을 것 같습니다."

광진이 그 말에 숨은 뜻을 파악했다.

"역으로 들이치자는 의미로군."

"이 지하 공간을 관장하는 세력은 분명 우리가 정령독무에 중독됐다고 여겨 방심한 채로 발을 들일 겁니다. 그때 힘을 모아 기습을 가하면 충분히 승산이 있으리라고 봅니다."

"그래, 알았네. 하기야 당장 그 방법 외엔 다른 묘수가 없으니……. 그런데 현재 자네 몸 상태는 어떤가?"

밀술을 통해 강제적으로 연 기로가 어떤지를 묻고 있는 것이었다.

일순 천공의 동공이 이채를 머금었다.

"정상적인 방법이 아닌 편법이라 일시적인 작용에 그칠 수도 있고, 어쩌면 영구적으로 작용할 수도 있다고 말씀하셨지요?"

"그랬지. 아! 자네, 설마……."

"예. 심계를 벗어난 순간 약간 위축되긴 했으나 이전에 비해 많이 확장된 상태입니다."

"오오! 사실인가? 자네의 오성은 정말 남다르구먼!"

"모든 게 광진 스님 덕분이지요. 별다른 이상 없이 이러한 상태를 유지한다면…… 적어도 사성 수위의 공력은 발휘할 수 있으리라고 여깁니다."

*   *   *

꺼뭇한 땅거미가 깃든 무렵, 사마서와 도침은 한적한 숲길 바위에 앉아 대화를 나누고 있었다.

"도침 스님, 어떡하지요? 사스케 님께서 그 계집을 생포해 오라고 명하셨는데, 그만 일이 어긋나 버렸으니……."

사마서가 걱정스레 말했지만 도침은 다소 심드렁한 낯빛으로 대꾸했다.

"이제 와서 어쩌겠는가. 계집의 실력이 자네를 비롯한 검수들보다 출중한 탓이었는데."

사실 도침 자신은 광진과 천공을 함정에 빠뜨린 것으로 제 할 일을 완수한 셈이었다.

'저 빌어먹을 고려 중놈……! 은근슬쩍 책임을 회피하고 발을 빼겠다는 건가?'

사마서는 슬며시 부아가 돋았지만 애써 심기를 억눌렀다.

그때, 갑자기 깔깔대는 한 줄기 교성이 두 사람의 귓전을 울렸다. 뒤이어 가까운 고목 위로부터 한 중년 여인이 푸른 치맛자락을 펄럭이며 깃털처럼 낙하했다.

그녀가 사뿐히 지면을 밟고 선 순간, 사마서가 정중히 고개를 조아렸다.

"대부인(大夫人)을 뵙습니다."

중년 여인이 다짜고짜 사마서의 따귀를 갈겼다.

짜악!

고개가 옆으로 돌아가며 휘청거리는 신형. 이에 중년 여인이 더없이 싸늘한 눈빛과 목소리를 흘렸다.

"대부인이라니? 여왕(女王)이라 부르라고 했거늘!"

"죄, 죄송합니다."

사마서가 벌게진 얼굴로 사과했다. 그 광경을 본 도침은 저도 모르게 눈살을 찌푸렸다.

'쯧, 성깔머리하고는……'

사십 대 초반으로 보이는 여인은 웬만한 사내는 턱 아래로 굽어볼 정도로 큰 키를 자랑했다.

예쁜 얼굴은 아니나 짙은 화장으로 인해 관능적인 느낌을 물씬 풍겼다. 한데 눈매가 자못 표독스러웠다.

도침이 헛기침과 함께 중년 여인을 향해 물었다.

"혈조여왕(血爪女王), 여긴 갑자기 무슨 일이오?"

"흥, 보면 몰라요? 뒤치다꺼리를 하려고 온 거예요. 사스케 님께서 만일을 대비해 저를 보내셨죠."

혈조여왕은 냉랭하게 말을 내뱉은 후 사마서 쪽으로 하얗게 눈을 흘겼다.

"상황을 보고하라."

"예. 현재 광진이란 항마군 승려와 이름 모를 청년은 덫에 완벽히 걸려들었습니다. 지금쯤 정령독무에 중독되어 정신을 잃었을 것입니다. 그런데…… 그들 일행인 이십 대 여검수를 그만 놓치고 말았습니다."

연지를 찍은 혈조여왕의 입술이 조소를 토했다.

"오호호호! 휘하 전력을 스무 명 남짓이나 이끌고 와놓고 여자 하나를 제압하지 못했어?"

"면목이 없습니다. 하오나 그 여검수의 무위가 만만치 않았습니다. 게다가 철장신풍개로 추정되는 개방도까지 중간에 개입하는 바람에……."

"변명은 집어치워!"

혈조여왕이 대뜸 말꼬리를 끊었다. 그 서슬 퍼런 기세에 사마서는 냉큼 입을 다물었다.

보다 못한 도침이 한마디 거들고 나섰다.

"사마서의 잘못이 아니오. 둘 다 무위가 자못 대단했소. 내가 업화신검의 힘을 빌리고도 쉬이 제압하기 힘들었다오."

그의 진중한 목소리에 혈조여왕도 그제야 매서운 표정

을 약간 누그러뜨렸다.

그녀는 비녀를 꽂은 까만 머리를 매만지며 나지막하게
청했다.

"도침 스님, 그 여검수를 찾는 데 도움을 좀 주겠어
요?"

"싫소."

일언지하에 거절하자 혈조여왕의 음성이 다시 앙칼지게
변했다.

"본 궁에 머무는 동안 밥값을 하는 게 도리 아닌가요?"

"업화신검을 탈취해 온 것만으로도 밥값은 충분히 치른
듯싶소만. 그리고 구천혈궁 내에서 내게 청을 할 수 있는
사람은 사스케 공이 유일하오."

'치익, 이런 건방진…… 호가호위(狐假虎威)가 따로
없구나!'

혈조여왕이 이를 갈며 두 눈을 부라렸지만 도침은 아랑
곳하지 않고 목소리를 이었다.

"난 그저 함정에 빠진 인물이 광진인지 아닌지 확인하
려던 것뿐이었소. 나머지 골치 아픈 일은 알아서 하시구
려. 어차피 혼자 온 것도 아닌 모양인데."

그는 이내 날렵한 경공술을 전개해 숲길 저편으로 자취
를 감춰 버렸다.

"어찌…… 할까요?"

사마서의 조심스러운 물음에 혈조여왕이 재차 그의 뺨을 짝! 갈겼다.

"어쩌긴 뭘 어째! 찾아야지!"

일갈한 그녀가 휘파람을 불자 소복을 입은 열 명의 여인이 귀신처럼 나타나 대열을 갖춰 섰다.

하나같이 생기라곤 일절 찾아볼 수 없는, 으스스한 분위기의 여인들이었다.

"반은 날 따르고, 반은 이곳에 대기하다가 날이 밝으면 덫에 걸린 실험 재료들을 본 궁으로 운반해."

여인들은 아무런 말도 없이 고개만 살짝 까딱거렸다.

"사마서, 몇 달 전 임무 실패로 인해 목이 잘린 양봉(梁蜂)의 전철을 밟고 싶지 않거든 반드시 두 연놈의 흔적을 찾는 게 좋을 거야."

"아, 알겠습니다! 지금 당장 추가 인원을 동원해 밤샘 수색을 벌이도록 하겠습니다!"

힘주어 대답한 사마서가 이내 신형을 날려 사라지자 혈조여왕도 곧 다섯 명의 여인을 이끌고 다른 방향으로 신속히 운신해 나아갔다.

한편, 가장 먼저 자리를 떠난 도침은 법복을 나부끼며 숲길을 달리던 도중 문득 입꼬리를 올려 희미한 웃음을 흘렸다.

'훗……! 광진이 어떤 녀석인데 정령독무에 당했을라고.'

절대 그럴 리 없다고 생각했다. 아니, 확신했다.

수십 년 넘게 광진을 곁에서 지켜봤기에 그 무력과 저력을 누구보다 잘 알고 있었다.

'내가 왜 정체만 확인하고 몸을 빼는 것인지, 나중에 광진과 대면해 보면 그 이유를 자연히 깨닫게 될 터. 그렇지만 광진 역시도 마찬가지가 아니랴. 구천혈궁은 호락호락한 곳이 아니니까. 특히 사스케의 무위는…….'

도침은 그러다가 자신의 손에 쥐여져 있는 업화신검을 흘깃 보았다.

희미하던 미소가 한층 선명한 선을 그렸다.

'업화신검을 판 대가로 장차 원하는 모든 것을 누릴 수 있으리라. 조금만…… 조금만 더 참으면 된다! 때가 머지 않았어! 차후 사스케가 약속한 배가 당도하면…… 그 즉시 왜국으로 가 황제조차 부럽지 않은 삶을 영위할 것이야. 아무런 영광도, 쾌락도 취할 수 없는 불가 무승의 삶따윈 개나 줘 버릴 테다!'

*　　　　*　　　　*

월색(月色)에 젖은 강줄기를 따라 병풍처럼 쭉 뻗은 기암절벽. 그 가운데 유난히 우뚝 솟은 절벽 위의 평지에 커다란 궁전 하나가 자리해 있었다.

장방형의 높은 벽 너머로 독특한 모양새의 기와지붕들이 즐비한 이곳은 다름 아닌 구천혈궁이었다.

구천혈궁 내부는 음산하리만치 몹시 고요했다. 사람이 기거하는 곳이 맞는지 의문이 들 정도로 삭막한 분위기였다. 물론 짝을 이뤄 보초를 서는 인원이 더러 보였지만, 그래도 사람 사는 곳 같은 느낌은 받기 힘들었다.

사스케는 궁내 중앙에 위치한 널따란 정원을 가로질러 한 전각 앞에 당도했다.

이곳의 건물들 중 유일하게 호화로운 장식이 가득한 전각이었다.

전각 정문엔 복면을 두른 검수 두 명이 서 있었는데, 둘 다 이십 대의 젊은 여인이었다. 얼굴을 가렸음에도 불구하고 상당한 미색을 지닌 듯 보였다.

사스케의 등장에 두 여검수가 제자리에 부복하며 극진한 예를 표했다.

고개를 끄덕인 사스케가 낮은 목소리로 일렀다.

"새로이 붙잡힌 그자를 이곳으로 데려오도록."

"예, 사스케 님."

여검수들이 바쁜 걸음으로 사라지자 사스케는 격자문을 열고 전각 안으로 들어섰다. 그러자 회랑과 또 하나의 격자문이 나타났다.

살짝 열린 문틈으로 새어 나오는 등불을 주시하던 사스케가 말했다.

"안에 있느냐?"

아무런 대답이 없었다.

'앙큼한 것 같으니…….'

씩 웃은 그가 팔을 가볍게 휘젓자 한 줄기 무형지기가 발출되어 격자문을 벌컥! 열어젖트렸다.

방 내부는 전각의 외형보다 더 화려했다.

바닥에 깔린 분홍색 주단과 각 벽면을 차지하고 있는, 더없이 고급스러운 가구들. 지분 냄새와 그윽한 방향이 진동하는 것으로 보아 규방(閨房)임이 분명했다.

아나나 다를까, 방 중앙에 놓인 침상 위에 이십 대 초반의 여인이 비스듬히 누워 사스케를 주시하고 있었다.

농익은 복숭아처럼 요염한 미인.

당년 이십사 세로 독공(毒功)을 익힌 사파무림의 유명 여고수, 독무랑 서란이었다.

가슴 가리개와 아랫도리의 속옷이 훤히 비치는 붉은 능

라의(綾羅衣)를 걸친 사란의 모습은 가히 숨이 막힐 만큼 가히 도발적이었다.

사스케의 눈동자가 욕망의 빛을 가득 품고 꿈틀댔다. 바닥에 깔린 주단과 육감적인 몸에 걸친 능라의의 색이 묘한 조화를 이뤄 그의 음심을 자극해 왔다.

"후훗, 네 미모는 정말이지 봐도 봐도 질리지가 않는구나."

"그런가요?"

서란은 무심한 목소리를 발하더니 침상 머리맡의 술병을 집어 들었다. 그녀는 잔을 사용하지 않고 병째로 한 모금을 마셨다. 그러자 술 한 방울이 턱을 지나 목선을 타고 또르르 흘러내렸다.

흥분한 사스케는 재차 무형지기를 발출해 문을 닫은 후 왜도를 한옆에 던지고는 두루마기와 바지를 벗어 순식간에 반라가 되었다.

그의 아랫도리를 감싼 왜인 특유의 속옷은 미개하다 싶을 정도로 민망한 형태였는데, 서란은 그것이 익숙한 모양인지 별다른 반응을 보이지 않았다. 아니, 그와 잠자리를 같이하는 것 자체가 하나의 일상인 듯싶었다.

상투를 푼 사스케는 머리카락을 흐트러뜨리며 음탕스러운 표정을 지었다.

"벗어."

명령 같은 한마디였다.

서란이 생긋 웃음을 띠자 새하얀 뺨에 보조개가 피었다.

미소인지 조소인지, 그 의미가 모호한 웃음.

그녀는 술병을 놓고 귀머리를 쓸어 넘기며 침상에서 일어나 사스케 면전으로 가 서더니 어깨의 끈을 끌렀다. 그에 하늘하늘한 얇은 능라의가 허물이 벗어지듯 바닥 위로 스르륵 내려앉았다.

"자, 어때요? 아름다운가요?"

허리에 손을 얹고 교구를 살짝 비틀자 가슴 가리개에 가려진 풍만한 육봉이 출렁 흔들렸다.

서란의 얼굴을 올려다보던 사스케가 턱짓을 보냈다.

"항상 눈높이를 맞추라고 했을 텐데……."

사스케는 왜국 출신답게 신장이 꽤나 작았다. 그와 똑바로 마주한 서란의 키가 오히려 머리 하나 정도는 더 높아 보였다.

서란이 무릎을 살짝 구부려 눈높이를 맞춘 찰나, 사스케가 손가락으로 그녀의 턱을 받쳤다.

"오늘은 어떤 체위로 절정을 맛보게 해 줄까? 원하는 게 있나?"

그때, 서란이 신형을 홱 뒤돌려 도로 침상에 드러누우며 무미건조한 음성을 발했다.

"당신의 그 보잘것없는 물건으론 날 절대 만족시킬 수 없다는 걸 몰라? 지겨워, 진짜……."

순간, 사스케의 눈썹이 굼실거렸다.

"또 못된 버릇이 나오는 건가?"

"왜요, 짜증나요? 그래서 지난번처럼 발가벗긴 후 엉덩이를 때리고 싶나요? 그러고 나면 위안이 돼요?"

"근래 들어 고삐를 좀 풀어 주었더니…… 겁도 없이 자꾸 기어오르려 드는구나."

"흥, 새삼스럽게……. 다른 여자나 골라서 자도록 해요. 이곳엔 당신 씨를 받고 싶어서 안달이 난 암캐들이 널렸는데, 나처럼 아기도 가질 수 없는 몸뚱이를 탐해서 좋을 게 뭐가 있나요?"

사스케의 표정이 차츰 일그러지기 시작했다.

"그만 입 다물어."

"맨 정신으로 가만히 있으면 자존심이 상할 테니 늘 하던 대로 금제를 가해 시체 같은 날 범해요. 엉덩이를 때리든 꼬집든, 어디 맘대로 가지고 놀아 봐요. 불쌍한 사람."

"주둥이 함부로 놀리지 마라!"

사스케의 일갈에 서란도 악에 받쳐 소리쳤다.

"넌 절대 날 가질 수 없어! 이깟 몸은 아무래도 좋아. 이미 더러워졌으니까! 하지만 내 마음은 취할 수 없어!"

"……."

"내 가슴속엔 오직 한 남자만 자리해 있을 뿐이야! 너 따위에게 허락할 것 같아?"

"닥쳐!"

우악스러운 손이 서란의 뺨을 철썩 때렸다.

참으로 불가해한 광경이었다. 강호의 명성 높은 여고수가 이런 단순한 손길조차 피하지 못하다니.

바로 그때, 문밖에서 여인의 목소리가 들렸다.

"사스케 님, 분부하신 대로 그를 데려왔습니다."

입꼬리를 올린 사스케가 문을 활짝 열자 예의 두 여검수가 자리해 있었다. 그녀들은 반라가 된 사스케를 보자마자 부끄러운 듯 눈을 내리깔았다.

사스케가 짧게 명했다.

"안으로."

철그럭, 철그럭, 철그럭.

온몸에 굵은 쇠사슬을 칭칭 감은 채 그녀들 손에 이끌려 들어서는 한 남자. 머리에 검은 천을 눌러쓰고 있어 그 얼굴을 볼 순 없었다.

불청객의 등장에 별안간 서란의 기다란 속눈썹이 가볍

게 파르르 떨렸다.

'저 무복은…….'

너무나도 눈에 익은 무복.

죽을 때까지 잊을 수 없는 무복이었다.

화려한 자태의 청룡 두 마리가 좌우로 교차하는 문양. 그것은 바로 청룡동방세가 고유의 옷이 아닌가. 더욱이 가내의 엄격한 심사를 통과한 상위 고수에게만 입을 자격을 준다는, 아주 특별한 무복이었다.

서란의 뇌리로 문뜩 한 청년의 얼굴이 스쳐 지나갔다.

'서, 설마……?'

과거 자신의 마음을 허락했던, 그리고 이젠 옛사랑이 되어 버린 남자의 얼굴이었다.

그렇게 서란의 흉중으로 불길한 예감이 엄습하는 찰나, 두 여검수가 쇠사슬에 감긴 사내를 붙잡고 바닥에 꿇어앉혔다.

사스케가 그 곁에 자리하며 사내의 머리에 쓰인 검은 천을 꽉 거머쥐었다.

"이자의 얼굴이 궁금할 테지?"

그가 손을 놀리자 펄럭! 소리와 함께 사내의 얼굴이 훤히 드러났다.

용비검랑 동방휘.

아연실색한 서란은 그대로 몸이 굳어 버렸다.

"아…… 아아……."

동시에 동방휘의 두 눈이 찢어질 듯 커졌다.

"아니! 란?"

"아…… 아니야."

"란, 너야? 정말로 란…… 너인 거야?"

고개를 흔든 서란이 발작적으로 고함을 질렀다.

"아니야! 아아악! 아니라고!"

"나야, 휘! 얼굴을 똑바로 봐! 란……."

동방휘의 애탄 부름에 서란은 황급히 이불을 끌어당겨 자신의 수치스러운 모습을 가렸다.

그 순간, 사스케가 안광을 번뜩이며 이기죽거렸다.

"동방휘, 오랜만에 서란과 재회한 소감이 어떤가? 그녀는 현재 여기에 머물며 내 성욕의 노리개로 살고 있지."

"그녀에게 무슨 짓을 한 거야! 절대 용서 못해!"

분노한 동방휘의 이마 위로 굵은 핏대가 솟아났다.

"후후, 진정해라. 지금부터 상황을 좀 더 재미있게 만들어 주마."

사스케가 그 말과 함께 자신의 옷을 뒤적여 작은 종 한 개를 꺼내 들었다.

둥근 손잡이가 달린 은빛 쇠 종.

여느 종과 달리 곡선이 강조된 형태였고, 표면엔 깨알 같은 문자가 빼곡히 음각되어 있었다.

동방휘의 뇌리로 불현듯 불길함이 스며들었다. 그때, 서란이 새파랗게 질린 얼굴로 소리쳤다.

"안 돼! 어떻게 그 앞에서……."

사스케가 만면에 음흉한 미소를 머금었다.

"새삼 왜 그러느냐? 네 말대로 맨 정신인 몸은 탐해 봤자 아무런 감흥도 없으니 금제를 가해 범하려는 건데."

"이 짐승!"

서란의 일갈과 동시에 사스케가 은종을 세게 흔들자…….

따라라라랑―!

경쾌한 음향이 내실을 울렸다.

그 직후, 서란의 교구가 살짝 경련을 일으키더니 침상 위로 쓰러지듯 누웠다.

"란, 정신 차려! 란……!"

놀란 동방휘가 사납게 몸부림쳤지만 그물처럼 감긴 굵은 쇠사슬은 철걱철걱! 울음만 토할 뿐, 꿈쩍도 하지 않았다. 게다가 좌우의 여검수 둘이 어깨를 꽉 누르고 있어 일어서는 것조차 힘든 상태였다.

'크윽! 내공만 쓸 수 있었더라도…….'

동방휘는 자신의 몸을 속박한 쇠사슬이 평범한 물건이
아님을 알고 있었다.

하단전은 멀쩡한데 진기만 운용하면 마구 흩어져 버리
는 것이 바로 그 증거. 그런 불가해한 현상만 아니면 당장
극성 공력으로 끊어 버렸을 것이다.

따라라라랑—!

은종이 다시 한 번 소리를 자아내자 힘없이 누워 있던
서란이 신형을 일으켜 세웠다. 내의로 유방과 음부만 가
리고 선 그녀는 숨이 막힐 정도로 요염했다.

사스케의 턱짓에 한 여검수가 즉각 동방휘의 입에 재갈
을 채웠다. 뒤이어 동방휘의 면전으로 다가선 사스케는
비릿한 조소를 흘리며 주먹을 휘둘렀다.

퍼억!

동방휘는 고개가 돌아가기가 무섭게 다시 똑바로 해 핏
발 뻗친 눈으로 사스케를 쏘아보았다.

"후훗, 그런 눈깔로 봐 봤자 소용없다. 네가 알고 있던
독무랑은 그만 잊어라. 미안하지만 그녀는 벌써 반년 가
까이 내 아랫도리 맛을 봐 왔지. 이제부터 저 계집의 추잡
스러운 모습을 보여 줄 테니 예서 잠자코 감상이나 하거
라."

그는 그 말과 함께 속옷을 벗어 던지며 흉물스러운 남

근을 드러냈다. 그것을 본 두 여검수의 눈동자가 열락의 빛을 머금었다. 함께하지 못해 안타깝다는 양 서란을 향해 질투 어린 시선을 보내고 있었다.

침상 위로 가 앉은 사스케의 손짓에 서란이 조용히 위아래 속옷을 차례로 벗어 부끄러운 알몸이 되었다.

짙은 화장과 백옥처럼 눈부신 나신이 묘한 대비를 이뤄 뇌쇄적인 매력을 내뿜었다. 그 어떤 사내라도 그녀 앞에서는 이성을 유지할 수 없을 것 같았다.

한순간에 인성이 바뀌어 버린 듯한데…….

다른 사람들 앞에서 알몸이 되었는데도 수치심 따윈 느끼지 않는 표정이었다. 절대로 제 마음을 취할 수 없을 거라던, 가슴속엔 오직 한 남자만 있을 뿐이라던 예의 절개는 거짓말처럼 사라지고 없었다.

동방휘는 그런 서란이 너무나도 낯설었다.

이제 보니 그녀의 눈동자 초점이 흐릿했다. 마치 꿈을 꾸는 것처럼 몽롱한 눈빛.

예의 종소리가 대체 어떤 마력을 발휘한 것일까?

갑자기 동방휘에게로 눈길을 돌린 서란이 사이한 살기를 내뿜으며 말했다.

"주인님…… 저자는 누구죠? 죽일까요?"

그러자 사스케가 피식 웃으며 만류했다.

"아니, 그는 실험 재료다. 신경 쓰지 말고 어서 이리 와라. 널 안고 싶구나."

살기를 거둔 서란이 젖가슴을 출렁거리며 그의 품에 안겨 들었다. 그녀는 요부처럼 자신의 몸을 그에게 비벼 대며 새빨간 입술 사이로 달뜬 음성을 내보냈다.

"네, 주인님. 제 몸뚱이는 당신의 것……. 가지세요."

사스케는 여체의 육향(肉香)이 부드럽게 와 닿자 더 이상 색욕을 누르기 힘든 듯한 표정이었다.

뜨거운 콧김을 뿜은 그는 우악스러운 손길로 서란의 잘록한 허리를 잡아채더니 자신 앞에 등을 보이게 한 자세로 앉혔다.

"으흥……."

교염한 신음을 흘린 서란이 기다렸다는 듯 무릎을 세워 다리를 좌우로 벌렸다. 그 바람에 그녀의 적나라한 치부가 동방휘의 시야 정면으로 들어와 박혔다.

'크읏……! 란, 제발 정신 차려!'

동방휘는 진심으로 서란을 사랑했기에 이별의 그 순간까지도 그녀의 순결을 소중히 여겨 지켜 주었다. 예의와 법도를 중시하는 명문 무가의 자제답게 혼례를 치르기 전에 함부로 몸을 섞는 건 안 될 짓이라 생각했다.

그런데 지금, 동방휘 자신이 알고 있던 처녀 서란의 모

습은 간곳없고 낯선 탕녀(蕩女)의 모습만이 존재할 뿐이
었다.

사스케의 두 손이 기름에 불을 붙이듯 서란의 탐스러운
육봉을 움켜쥐었다. 정인(情人)인 동방휘에게조차 허락하
지 않은 한 쌍의 봉긋한 살집이 음흉한 늑대의 손아귀 아
래 마구 이지러지고 있었다.

"으음⋯⋯. 좋아요. 흐으음."

뒤이어 서로의 하체가 밀착되었고 서란은 두 팔을 들고
뒤로 뻗어 자신의 어깨 너머에 있는 사스케의 목을 휘감
았다.

동방휘는 차마 더 볼 수 없어 두 눈을 질끈 감았다. 그
때, 서란이 뜨거운 숨결을 뱉으며 말했다.

"주인님, 거칠게⋯⋯ 거칠게 다뤄 줘요. 저들에게 보여
주고 싶어요. 내 야한 몸짓을⋯⋯."

"후홋, 원한다면!"

사스케가 이내 서란의 옆구리를 잡고 하체를 움직이기
시작했다.

철벅철벅.

살이 부딪치는 육감적인 소리가 동방휘를 귀를 괴롭혀
왔다. 그는 전신의 피가 거꾸로 솟구치는 듯한 기분에 재
갈이 부려져라 이를 깨물었다.

반면, 양쪽에 선 여검수 둘은 수치심도 없는지 두 눈을 똑바로 뜨고 열락에 빠진 행위를 구경했다.

사스케가 폭풍처럼 거칠게 서란의 몸을 밀어붙이며 동방휘를 바라보았다.

"으음, 흐으음……. 서란을 통해…… 네놈의 이야기를 들은 적이 있지. 가문의 반대로…… 사랑을 이루지 못했다지? 으흠! 음, 으음."

동방휘는 듣기 싫다는 듯 고개를 세차게 가로저었다.

"우후훗, 이 계집이…… 네 이야기를 꺼냈을 때도…… 지금처럼 내 앞에서…… 음란한 요분질을 해 대고 있었지. 음…… 으음."

순간, 서란이 빠르게 돌아앉아 미끈한 다리로 사스케의 허리를 감싸고는 바짝 힘을 가해 움직였다. 그에 흥분 섞인 신음이 한층 커졌다.

길게 늘어진 여인의 머리칼이 가쁜 호흡성과 함께 이리저리 물결치며 흔들렸다. 덩달아 침상도 삐걱삐걱 요란한 비명을 내질렀다.

사스케가 땀으로 얼룩진 서란의 뺨을 핥으며 비웃듯 말했다.

"자, 어떤가? 사랑했던…… 아니, 여전히 사랑하는 여자가…… 다른 사내 품에 안겨…… 창녀처럼 허리를 돌려

대는 걸…… 보고 듣고 있는 기분이……. 훗, 으훗! 흐으

읏!"

사스케의 몸짓이 점점 빨라졌다.

수컷으로서 다른 수컷의 암컷을 정복했다는 사실이 흥
분을 더 고조시키는 모양이었다.

이윽고 절정에 오른 사스케와 서란의 상체가 활처럼 휘
며 짐승 같은 소리를 흘려보냈다.

"하아악, 하아, 악……!"

"흐읏! 흐읏, 으응…… 흐으응……."

그렇게 서란의 번들거리는 교구가 힘없이 축 늘어졌고,
사스케는 그녀의 나신을 밀치며 호흡을 고르더니 곧 동방
휘의 면전으로 다가가 섰다.

눈을 부릅뜬 동방휘는 감정을 주체하기 힘든지 관자놀
이로 시퍼런 힘줄을 세웠다.

사스케가 거만한 표정으로 입을 열었다.

"네놈은 저렇듯 아름다운 여자를 차지할 자격이 없어.
억울하다면 앞으로 있을 실험에서 사력을 다해 살아남아
봐라. 그러면 기꺼이 내 가슴에 검을 겨눌 기회를 주마.
하하하하!"

내실 가득 울려 퍼지는 광소.

발가벗은 서란의 모습을 눈동자에 담은 동방휘는 끝내

한 줄기 눈물을 흘려보냈다.

'란, 기다려! 내 반드시 널 이 더러운 소굴로부터 빼낼 거야! 반드시……!'

＊　　　　＊　　　　＊

밤을 밝히는 수십 개의 횃불들이 숲 속을 부지런히 누비고 있었다.

불빛의 정체는 바로 사마서가 이끄는 수색조.

그들은 기척을 죽인 은밀한 운신으로 먹물 같은 어둠이 덮인 지면을 지르밟으며 단희연과 승궁인을 찾는 데 여념이 없었다.

"제기랄, 코앞에 두고 또 놓치다니……."

사마서는 성난 중얼거림과 함께 횃불을 쥔 손을 부르르 떨었다.

불과 한 시진 전, 그는 운 좋게 단희연과 승궁인을 발견했지만 끝내 놓쳐 버리고 말았다. 그 무력을 감당하지 못한 것이었다. 심지어 그 과정에서 검수 십여 명이 목숨을 잃었고, 자신은 왼쪽 어깨에 검상까지 입었다.

'이래서야 사스케 님을 뵐 면목이 없구나. 후우…….'

긴 한숨을 토하는 사마서의 무거운 낯빛.

이러다 몇 달 전 임무를 완수하지 못한 대가로 목이 잘려 죽은 양봉의 뒤를 따를까 봐 벌써부터 걱정이 됐다. 구겨진 자존심은 둘째 문제였다.

그때, 파사삭! 하는 음향과 함께 혈조여왕를 위시한 소복여인들이 허공을 격해 지면으로 내려섰다.

무슨 이유인지 혈조여왕은 한껏 격앙된 표정이었다. 숨을 거칠게 몰아쉬는 품이 뭔가 낭패스러운 일을 당한 듯 싶었다.

"사마서, 네 말마따나 만만치 않은 연놈이더구나. 내 너무 쉽게 생각했어!"

그녀의 신경질적인 목소리에 사마서가 조심스럽게 말을 받았다.

"그들을 발견하셨군요. 하오면 여왕께서 몸소 맞서셨던 겁니까?"

"흥, 그랬다면 연놈이 무사했겠느냐? 우릴 보자마자 냅다 도망치더구나. 치익, 능히 따라잡으리라 여겼는데……. 아무튼 잠시 수색을 중단한다!"

"예? 어찌 그러십니까?"

"멍청한……! 이제 곧 비가 퍼부을 것이야."

사마서는 그제야 주변 공기가 후덥고 습하게 변한 것을 깨닫곤 하늘로 시선을 던졌다. 아니나 다를까, 달은 이미 먹장구름에 가려 사라진 상태였다.

혈조여왕이 이내 길을 앞장서며 말했다.

"내 오는 길에 장치를 조작해 반오행쇄문진(反五行鎖門陣)의 결계 범위를 넓혀 놓았다. 어차피 그 연놈은 이곳을 벗어날 수 없어."

          *   *   *

쏴아아, 쏴아아아—!

하늘이 무너진 것처럼 어둠을 뚫고 패연히 쏟아지는 빗줄기가 너부죽한 잎사귀에 부딪치며 요란한 비명을 토했다.

잠깐 내리다 그칠 소나기는 아닌 듯싶었다.

사선으로 비스듬히 기운 어느 절벽.

그 아래의 옴폭 들어간 공간에 몸을 숨기고 앉은 승궁인이 야공(夜空)을 올려다보며 빙그레 웃었다.

"마침 하늘이 우릴 돕네요. 이제 시끄러운 빗소리 때문에 기척을 감지하기 힘들 겁니다."

"기왕 쏟아지는 것, 아침까지 죽 이어졌으면 좋겠네요. 자, 그럼 하던 이야기나 마저 하죠."

옆에 자리한 단희연이 그 말과 함께 지난 열흘 동안의

사연을 빠짐없이 가르쳐 주었다.

그녀의 이야기를 경청하던 승궁인의 얼굴이 어느 순간 경악의 빛으로 물들었다.

'소, 소림사? 세상에, 천공이 소림사 제자였다니……!'

칠흑 같은 밤중인데다 적의 추격을 염려해 불도 피울 수 없는 상황이라 단희연은 그 표정을 보기 힘들었다. 하지만 적잖이 놀라고 있음을 직감으로 알아차렸다.

'그도 어지간히 놀란 모양이구나. 아무 대꾸가 없는 것을 보니……. 뭐, 무리도 아니지.'

이윽고 일련의 이야기가 끝나자 승궁인은 일전 그녀가 그러했듯 여러 의문을 속 시원히 해소할 수 있었다. 특히 천공과 천마존의 관계를 알게 된 것이 가장 큰 수확이었다.

단희연이 은근한 어조로 당부했다.

"승 소협을 믿기에 가감 없이 말해 준 것이니 비밀은 꼭 지켜요."

"나, 단 소저, 그리고 광진 스님. 이렇게 세 사람 외엔 아무도 그 사실을 모르는 것이지요?"

"앞으로 추가될 동방 공자까지 포함하면 도합 네 사람이죠. 광진 스님은 업화신검을 되찾는 즉시 조선 땅으로 떠나실 테니, 우리만 각별히 조심하면 돼요."

승궁인은 별다른 말 없이 깊은 상념에 잠겼다. 이에 단희연은 잠자코 그의 반응을 기다리기로 했다.

'생각을 정리할 시간이 필요할 거야. 나도 첨엔 그랬으니까.'

그녀는 무릎을 세우고 두 팔로 안아 턱을 괸 채 땅을 두드리는 빗방울을 물끄러미 보았다.

문득 저 앞의 물웅덩이 위로 천공의 얼굴이 아련하게 겹쳐 떠올랐다.

'천 소협…… 무사한 거죠? 천마존의 영혼은 어찌 되었는지, 밀술로 넓힌 기맥은 위축되지 않고 계속 작용하고 있는 건지…… 너무나도 궁금하네요.'

약간의 시간이 흐른 후.

승궁인이 불현듯 어둠에 묻혀 보이지 않는 얼굴 위로 한 줄기 미소를 띠며 입을 열었다.

"홋, 나중에 그와 함께 밤새 술잔을 기울이며 회포를 풀고 싶네요. 물론 비밀을 지켜 주는 대신 공짜로 얻어먹을 겁니다. 나 같은 비렁뱅이가 무슨 돈이 있겠어요?"

상념을 걷은 단희연이 드러나지 않게 반색하며 말했다.

"고마워요. 약간 걱정하고 있었는데."

"하하하. 소저, 은근히 앙큼한 데가 있네요. 솔직히 내가 이렇게 나올 거라고 예상하고 있었으면서 무슨……

자, 자! 각설하고…… 이제 구천혈궁에 대해 알고 있는 것을 전부 가르쳐 주도록 하지요."

그 소리에 단희연의 동공이 반짝 빛을 뿜었다.

"혹시 승 소협이 애초에 신비괴림으로 온 이유도 구천 혈궁 때문인가요?"

"바로 그렇습니다."

"그렇다면 동방 공자도……?"

"아니요. 휘는 다른 목적이 있습니다. 아, 그것부터 말해 주는 게 순서인 듯싶군요. 독무랑이란 별호, 소저도 익히 들어 봤지요? 강소성을 주 무대로 삼아 활약하다가 일 년 전쯤 그 행적이 묘연해진 독공의 여고수 말입니다."

단희연이 고개를 끄덕거렸다.

단순히 듣기만 한 게 아니었다. 스치듯 잠깐 대면한 적도 있었다. 비록 딱 한 번뿐이지만.

"예전 우연한 기회로 가까이에서 본 적이 있었는데, 정말 같은 여자가 봐도 아름다웠어요. 짧은 만남이었지만 첫인상이 워낙 강렬해 아직도 그 자태를 선명히 기억해요."

"예. 가히 경국지색이라 할 만한 미모를 가졌지요. 소저와 더불어 사파 오대미녀로 손꼽힐 만큼……."

"사파 오대미녀이니, 정파 팔대미녀이니, 그런 웃긴 칭호는 도대체 누가 짓는 거죠? 여자가 무슨 품평을 기다리는 가판의 물건도 아니고, 참 유치하기 짝이 없어요."

"그러게 말입니다. 나도 궁금하네요. 뭐, 어쨌든…… 휘가 이곳으로 온 이유는 바로 독무랑, 그녀 때문입니다."

"네?"

두 눈을 동그랗게 뜬 단희연이 즉시 말을 이었다.

"아니, 그러니까 독무랑에게 구애하려고 예까지 왔다는 뜻이에요? 그것참 의외네요."

"소저는 몰랐겠지만, 두 사람은 한때 연인 관계였습니다. 거의 오 년을 넘게 사귀었지요."

"어머…… 그래요?"

"그러다가 휘 집안의 어른들 반대에 부딪쳐 이별하고 말았답니다. 아니, 정확히 말하면 거센 반발에 실망한 독무랑이 일방적으로 이별을 통보했던 겁니다."

"역시나 출신 내력이 걸림돌이 된 모양이군요. 하긴 그럴 만도 하죠. 다른 곳도 아닌 강소성 최고의 검가(劍家)라는 청룡동방세가이니……."

흔히 정파가 가진 사파에 대한 일방적이고 이분법적인 편견을 지적하고 있는 것이었다.

"물론 그것을 트집 잡는 사람들이 적지 않았지만, 휘의 부친 용문검신께선 너그럽게 포용하셨습니다. 둘은 그런 용문검신의 배려 아래 혼인 날짜까지 잡기에 이르렀지요. 그런데 불과 한 달을 앞두고 갑작스런 문제가 터졌습니다."

"그게 뭔가요?"

"독무랑이 아이를 가질 수 없는 몸이란 사실을 가내 어른들이 알아 버린 것이었습니다."

"저런……."

"용문검신께서도 그것만큼은 절대 용납할 수 없다며 아주 강경하게 나오셨지요. 그렇게 혼약은 한순간에 파기되고 말았고, 실의에 빠진 독무랑은…… 이별을 고하는 서신만 달랑 남긴 채 바람처럼 홀연 잠적해 버렸습니다."

"독공이 원인이었나요?"

"네. 그녀는 너무 어릴 때부터 독성에 길들여져 임신이 불가능한 체질이 되었던 겁니다. 안타까운 일이지요. 만약 독공의 성취가 미진했더라면 용한 영약의 힘을 빌려 체질을 변화시킬 수도 있었을 텐데……."

여자로 태어나 사랑하는 정인의 아이를 가질 수 없다니, 독공의 고수로서 큰 명성을 얻은 대가치곤 너무나 잔인하고 가혹했다. 그런 생각이 들자 단희연은 한층 독무랑의 처지가 안쓰러웠다.

"승 소협, 그럼 동방 공자는 그 사실을 미리 알고 있었나요?"

"물론입니다."

"음, 그는 진정으로 독무랑을 사랑했군요. 그럼 괜찮은 것 아니에요? 당사자들이 문제가 없다면야······."

승궁인이 고개를 흔들며 말꼬리를 받아 챘다.

"그게 또 그렇지 않습니다. 본 방처럼 온갖 자유로운 군상들이 모인 곳이야 그런 쪽으로 규율이 엄한 편이 아니지만, 동방가를 비롯한 칠대세가는 다르지요. 그들이 가진 힘의 근간은 순수 혈통입니다. 세상 그 어떤 것보다 핏줄을 가장 중요시하기에 양자(養子)를 들이는 일은 고려조차 하지 않습니다. 게다가 휘는 자신의 두 형을 제치고 가주 자리를 계승할 재목으로 일찌감치 낙점받았는데, 그런 그가 핏줄을 잇지 못한다고 하면 여태껏 전통과 관습을 철저히 지켜 온 가내 어른들이 어찌 가만히 있겠습니까? 설령 고집을 부려 운 좋게 혼례를 치른다고 하더라도 혈통을 이으려면 처첩을 들이는 방법밖에 없는데, 휘 그 녀석은 절대 그럴 위인이 못 됩니다."

"독무랑도······ 그걸 잘 알기에 결국 이별을 택한 것이군요."

"그렇다고 봐야지요."

그녀는 거듭 안타까운 마음에 고개를 숙였다.

'그녀도 아마 나이를 먹어 감에 따라 후회했을 거야. 덩달아 가슴속에 보이지 않는 상처도 커졌을 테고. 하지만 그 모든 것을 이해하고 사랑하는 사내를 만났는데 집안의 반대로 또 마음을 다치고 말았으니…….'

승궁인이 나지막하게 목소리를 이었다.

"동방가의 의지가 좀 모질다 싶겠지만, 우리 같은 외부 사람이 그것을 가지고 가타부타 함부로 말하긴 어렵습니다. 솔직히 휘 스스로 감당하고 헤쳐 나가야 할 몫이라 여겨요."

"독무랑으로서도 결코 쉽지 않은 결정이었을 거예요. 자신의 흠결마저 사랑해 주었던 남자인데……. 그런데 왜 다시 그녀를 찾아온 거죠?"

"방금 말했잖아요. 휘 스스로 해결해야 될 몫이라고. 녀석이 드디어 큰 결심을 한 겁니다. 가통을 따를 것이냐, 사랑을 얻을 것이냐, 그 두 가지를 놓고 말이지요."

"잠깐만요. 설마……."

"후훗, 바로 그 설마랍니다. 휘는 현재…… 차대 가주의 자리를 포기할 각오까지 했어요."

단희연은 뭐라 말로 설명하기 힘든 묘한 감동을 느꼈다.

새삼 동방휘가 멋진 남자라는 생각이 들었다. 또한 그

순애보를 끝까지 응원해 주고 싶었다.

별안간 그녀의 머릿속을 스쳐 지나가는 얼굴 하나.

다름 아닌 천공의 얼굴이었다.

'만약 우리가 그런 상황에 처한다면, 그도…… 동방 공자처럼 행동했을까?'

그러다가 손으로 황급히 뺨을 감싸며 도리질 쳤다.

'미쳤나 봐. 내가 지금 무슨 망상을 하는 거야? 그것도 소림사 출신 승려를 상대로…….'

하기야 명목상 파문을 당했을 뿐, 천공은 엄연히 소림사 무승이었다.

애써 민망함을 지운 단희연이 물었다.

"독무랑이 이곳에 숨어 있다는 건 승 소협이 조사해 가르쳐 줬나요?"

"예전 그로부터 부탁을 받긴 했지만 반년이 훌쩍 넘도록 별다른 진척이 없었어요. 그런데 몇 달 전, 신비괴림으로 든 본 방 탐사조가 우연히 독무랑을 발견했다는 겁니다. 당시 탐사조는 신비괴림 복판에 위치한 곡지를 조사 중이었는데, 공교롭게 독무랑이 한 동혈로 들어 일백 년 전의 독공 고수 천독왕이 안배한 기연을 손에 넣는 것을 보았고…… 하마터면 그 손속에 목숨마저 잃을 뻔했습니다. 나 역시 그들의 보고서를 읽고 나서야 비로소 그녀의 행방을 알게 됐지요."

"다짜고짜 개방도들을 죽이려 했다니⋯⋯. 설마 이루지 못한 사랑으로 인해 세상을 원망하게 되어 성정이 악독하게 변한 건 아니겠죠?"

"글쎄요. 툭 까놓고 말하면, 그러한 가능성도 배제할 수 없지요."

의미심장한 눈빛을 발하던 단희연이 대뜸 말했다.

"단순히 지도 제작을 위해 신비괴림을 조사한 게 아니죠?"

"예. 본 방은 사실 구천혈궁의 실체를 찾기 위해 탐사조를 파견한 것입니다."

"구천혈궁⋯⋯. 아무튼 이름부터가 맘에 안 드네요."

"그들은 사류와 마류의 속성을 모두 가진 세력입니다. 오랜 세월 음지에 숨어 활동을 해 온 탓에 그 존재를 아는 사람들은 소수에 불과하지요."

"개방에선 어떻게 구천혈궁의 존재를 알고 있는 거죠?"

그러자 승궁인이 되받아 물었다.

"혈강괴노(血殭怪老)라고 들어 봤습니까?"

"네, 알아요. 십여 년 전 강시(殭屍) 부대를 이끌고 개방 분타 여섯 곳을 차례로 급습했던 인물이잖아요. 당시 그 역시도 강시의 몸을 가지고 있었다고 들었어요."

강시란 죽은 사람 몸에 귀력(鬼力)을 불어넣어 사술(邪術)이 강제한 혼백의 고리에 의해 오직 주인의 명만 따르는, 이지를 상실한 인간 시체 병기를 뜻했다.

"그 혈강괴노는 바로 아주 오래전 신비괴림에 있다는 이무기의 내단(內丹)을 구하러 떠났다가 그 길로 소식이 끊긴…… 본 방의 전대(前代) 대장로(大長老)이셨습니다."

"저, 정말이에요?"

"다들 돌아가신 줄로 여겼는데, 어느 날 갑자기 강시로 화해 불쑥 나타나셨던 것이지요."

"세상에, 그런 비사가 있었군요."

"당시 사부님께서는……."

승궁인은 그렇게 개방과 구천혈궁 사이의 숨은 이야기를 풀어 놓기 시작했다.

십여 년 전, 혈강괴노는 강시 일백 구와 함께 절강성 내 개방 분타를 들이쳐 큰 혈풍을 일으켰다. 그로부터 며칠 뒤엔 또 다른 분타를 초토화시켰다.

강시들은 말 그대로 사람이 아닌 귀물이었다.

진종일 살육의 잔치를 벌이고도 절대 지치는 법이 없었다. 또한 그 행로마저 은밀하고 신속해 각 분타주들은 대응에 적잖이 애를 먹었다.

혈강괴노와 강시 부대는 짧은 기간 내 절강성을 돌파해 안휘성 북단까지 파죽지세로 치고 올라갔고, 내친김에 개방 총타가 위치한 하남성 개봉으로 향했다.

하지만 몽성(蒙城) 부근에 당도하면서부터 더 이상 진격하지 못했다.

대정십이무성의 일인이자 용두방주인 여태백, 그가 총타의 정예를 통솔해 와 미리 천라지망(天羅地網)을 구축해 놓았기 때문이다.

결국 몽성에서 발목이 묶인 혈강괴노와 강시 부대는 모조리 괴멸당했고, 여태백은 그 일로 말미암아 일신의 명성을 한층 드높였다.

개방도 물론 전력 손실이 없진 않았지만, 여태백과 장로들 주도하에 사전 준비를 철저히 하고 천라지망을 완벽히 펼쳐 맞선 덕분에 피해를 최소화하는 데 성공했다.

다들 그렇게 사건이 일단락된 줄 알았다. 하나 정작 개방은 그때부터 더 바쁘게 움직였다.

여태백과 고령의 방도들은 혈강괴노와 대면했을 때 그가 전대 대장로임을 대번에 알아보았고, 그 배후에 모종의 세력이 도사리고 있으리라 확신한 터였다.

몇 달의 긴 조사 끝에 여태백은 몸소 원정대를 이끌고 신비괴림 안으로 들어 원흉 찾기에 나섰다. 그리고 마침

내 구천혈궁이란 비밀 세력의 실체를 발견하기에 이르렀다.

여태백을 위시한 원정대는 장장 닷새에 걸친 혈전 끝에 적을 멸살하고 구천혈궁 터를 폐허로 만들어 버렸다.

그 싸움은 세간에 알려지지 않았다. 허무히 강시가 되어 적에게 철저히 이용당한 전대 대장로의 명예를 지켜 주고자 비밀에 부친 까닭이었다.

총타로 복귀한 여태백은 그날로 별도 인원을 편성해 절강 지역 분타로 파견한 다음 신비괴림을 꾸준히 감시하기 시작했고, 그것이 오늘에까지 이른 것이었다.

승궁인의 설명이 끝난 직후, 단희연은 여태백의 혜안(慧眼)에 은근히 감탄했다.

"용두방주께서는 이미 그때부터 구천혈궁이 완전히 사라진 게 아니라고 여기신 모양이네요."

"언젠가 제게 귀띔을 하신 적이 있습니다. 당시 구천혈궁의 전력은 일반 강시들이 전부였으며, 전대 대장로처럼 보다 강화된 특별한 힘을 지닌 강시는 전무했다고……. 심지어 강시 부대를 지휘하던 고수들마저 예상만큼 강하지 않았다고 하셨습니다. 아마 그러한 이유로 구천혈궁의 잔존을 의심하셨던 것 같아요."

"승 소협, 아까 우리를 위협하던 적이 구천혈궁 쪽 무인들임이 확실해요?"

"물론입니다. 몇 달 전에 황산파의 유명 고수들인 황산 오자가 여기로 왔다가 가까스로 탈출했다는 소문, 혹시 알고 있습니까?"

"아, 예전에 귀견옹이 얘기해 줬어요. 괴수, 독수 따위를 만나 목숨을 잃을 뻔했다고."

"괴수나 독수가 아녔습니다. 당시 황산오자가 맞닥뜨렸던 건 다름 아닌 강시였지요. 본 방이 은밀히 그들과 접촉해 알아낸 사실이랍니다."

"그런 일이 있었군요. 정말 개방의 수완이란……."

"그들이 보았다는 강시가 바로 앞서 우리를 뒤쫓던 소복 차림의 여인들입니다. 인상착의가 정확히 일치해요. 그리고 지하 미로의 존재를 알게 된 것은 최근의 일인데, 지난해 말부터 본 방의 탐사조 인원이 하나둘씩 실종된 것과 관련이 있는 듯싶네요."

"구천혈궁이 이곳에서 몰래 힘을 키우고 있다는 걸 짐작했으면서도 위험하게끔 왜 혼자 왔어요? 하다못해 풍개 잠행대라도 데리고 올 것이지……."

"최근에 실종된 방도들의 흔적만 찾아보고 돌아갈 생각이었으니까요. 따로 명을 받은 게 아니라 독단적 판단으로 행한 일입니다. 뭐, 이렇게 꼬여 버릴 줄은 미처 몰랐지요."

"이제 어떡하죠?"

"어떡하긴요. 힘을 합쳐 일행을 구합시다."

그 말에 단희연이 맥이 풀린 얼굴로 입을 열었다.

"나참, 달랑 둘이서? 강시 무리가 득실댈 텐데 무슨 수로요? 구천혈궁에 대해 상세히 알기 전까진 그래도 어느 정도 자신감이 있었는데…… 휴우, 새삼 걱정이네요. 그들 전부 적의 암수에 당해 강시화되어 버리는 건 아니겠죠? 생각만 해도 끔찍해요."

"그리 쉽게 당할 사람들이 아닙니다. 광진 스님만 하더라도 가히 엄청난 무위를 지니셨으니까요. 그리고 만에하나 위기가 닥치더라도 천공에겐 세상을 뒤엎을 만한 힘을 가진 비장의 수가 있잖아요?"

"에? 비장의 수라뇨?"

승궁인이 어깨를 으쓱이며 능청스럽게 말했다.

"천마존 말이에요. 영혼 봉인의 성패 여부는 알 수 없으나 정 안 되겠다 싶으면 천마존을 깨워 그 힘을 이용해서라도 탈출해야지 어쩌겠어요? 천공으로선 자못 안타까운 일이겠지만. 아하핫."

"지금 그걸 말이라고 해요!"

16장.
혈마맥(血魔脈)의 본존(本尊)

천공이 운기조식을 끝내자 곧바로 광진이 가부좌를 틀고 운기조식에 돌입했다.

축기를 행하든 잠을 청하든, 적이 언제 어느 때 들이닥칠지 모르니 교대로 할 수밖에 없는 상황이었다.

심해처럼 고요한 가운데 귀에 들리는 것이라곤 들숨과 날숨을 반복하는 광진의 낮은 호흡성뿐.

금강저가 빛을 감추어 버린 석실은 암흑, 그 자체였다. 얼굴 바로 앞에 손가락을 들이밀어도 볼 수 없을 정도로 어두웠다. 하지만 천공은 아주 희미하게나마 석실의 구조를 관찰해 냈다.

오랜 수련으로 범인을 능가하는 안력을 지녔기에 가능한 일이었다. 그 남다른 안력은 무림에 몸담은 고수라면 당연히 갖춰야 할 능력이기도 했다.

눈동자를 이리저리 굴리던 천공이 돌연 하단전을 돌렸다. 그러자 이내 동공 위로 시뻘건 광채가 어리기 시작했다.

짙은 어둠 아래 붉은 점 두 개가 둥실둥실 떠 있는 듯한 모습.

그러자 천공은 아까보다 좀 더 선명히 내부 모습을 눈에 담을 수 있었다. 다만, 시야에 들어오는 모든 것이 시뻘겋게 보였다.

'혈명안(血明眼)이 이런 식으로도 쓰일 수 있군.'

이렇듯 혈명안을 구사할 수 있게 된 것도 내공을 수위를 회복한 덕분이었다.

그는 이내 석실의 테두리를 따라 걸음을 옮기며 벽면을 면밀히 살폈다. 그러다가 어느 한 지점에 이르러 조용히 멈춰 섰다.

'아, 벽 너머로 미약한 바람이 느껴진다. 가만, 이게 바깥으로 통하는 문인가?'

혈광(血光)에 물든 한 쌍의 눈이 신속히 벽면을 훑었다.

묘하게 모양새가 달랐다. 네모반듯한 직각 벽돌이 아니라 모서리가 둥글게 깎인 형태의 벽돌이었다.

천공은 벽면에 귀를 가져다 댔다.

정신을 집중하고 청력을 돋우니 과연 어렴풋한 바람 소리가 들렸다. 밖으로 곧장 이어지는지 아직 확신할 수는 없지만, 통로가 있는 것만은 틀림없었다.

'적은 분명 여기로 드나들 거야. 그렇다면······.'

천공은 희망을 발견한 듯 주먹을 불끈 쥐었다.

그로부터 시간이 꽤 흘렀다.

광진이 운기조식을 끝냈고, 천공은 자신이 발견한 것을 일러 준 다음 두 번째 운기조식을 시작했다.

둘은 그렇게 몇 번이고 교대로 운기조식을 행해 하단전에 내기를 차곡차곡 쌓았다.

차후 적이 이곳으로 발을 들일 때를 대비해 내공을 최대한으로 채워 놓기 위함이었다. 몇 명이 나타날지, 또 그 실력이 어느 정도일지 알 수 없었으니까.

다시 긴 시간이 지나갔다.

눈도 붙이지 않고 밤새 축기에 몰두한 천공과 광진은 마침내 내공을 더 이상 채울 수 없는 지경에 이르렀다.

어제부터 잠을 자지 않아 졸릴 법도 한데, 두 사람의 눈동자는 일신에 충만한 내공 때문에 오히려 명랑하게 빛나고 있었다. 물론 한바탕 힘을 쓰고 나면 또 다르겠지만.

천공은 자신의 하단전에 자리를 잡은 막대한 기운을 느끼며 만족스러운 표정을 지었다.

'정확히 사성의 수위……. 좋아, 이 정도면 해볼 만하다.'

설사 절륜한 초고수가 등장한다고 하더라도 제 한 몸은 지킬 수 있을 것이다.

그때, 내공을 운용한 광진이 금강저의 빛을 이용해 예의 벽면을 살피며 읊조리듯 중얼거렸다.

"지금쯤 날이 훤하게 밝았겠군."

곁에 선 천공이 어깨를 으쓱거렸다.

"적이 꽤나 여유를 부리는 듯하네요. 뭐, 그 덕에 기를 보충할 수 있었지만 말입니다."

"우리가 정령독무에 당해 혼절한 줄로 알 테니 굳이 서두르지 않는 것이겠지. 어디, 매운맛 좀 보게 만들어 주자고."

광진은 그 말과 함께 짐을 뒤지더니 건량을 꺼냈다.

"자, 받게. 배를 채워 놓지 않으면 나중이 힘들 것이야."

하지만 그럴 여유가 없었다.

'기척……!'

둘의 날선 육감이 동시에 벽 너머를 향했다.

광진은 서둘러 금강저의 빛을 사그라뜨렸고, 천공은 바닥에 납작 엎드려 귀를 바짝 붙였다.

삭, 삭, 삭, 삭…….

지면을 타고 전해지는 내밀한 발걸음 소리.

한두 명이 아니었다. 게다가 빠른 속도로 가까워지고 있었다.

한데 그 보행의 흐름이 뭔가 묘하게 거슬렸다. 은밀하지만 뭔가 부자연스러운, 왠지 사람의 걸음걸이가 아닌 듯한 느낌이 들었기 때문이다.

미간을 좁힌 천공은 신형을 일으켜 세워 하단전을 돌리며 나지막하게 일렀다.

"최소한 세 명 이상입니다."

그 말이 끝나기가 무섭게 앞쪽 벽면이 그르르륵! 하고 울며 아래로 내려갔고, 동시에 환한 빛이 고개를 들이밀 듯 안으로 비쳐 들었다.

불빛을 등진 채 석실 바닥에 길게 음영을 드리우는 오인(五人)의 모습.

소복을 걸친, 음산한 기도의 여인들이었다.

혈조여왕의 명대로 날이 밝자 천공과 광진을 궁으로 운반하기 위해 온 것이었다.

광진이 먼저 지면을 찼다.

팍!

창졸간에 십 보 거리를 압축해 버리는 쾌속한 운신이었다.

질세라 소복 여인들이 부채꼴로 펼쳐 섰고, 광진의 금강저가 벼락같은 경력을 발출했다.

쩌저저저저저―!

부채꼴 대형의 가운데에 있던 여인이 그 육중한 일격을 받고 뒤쪽 통로로 멀리 튕겨 나가 걸레짝처럼 나부라졌다. 그러곤 미동도 없었다.

광진은 곧게 뻗은 장방형 통로를 시야에 담으며 확신했다.

'역시 나가는 길이 맞구나!'

저 끝에서 불어오는 신선한 공기와 바람이 그 증거.

질세라 천공도 신형을 움직였다.

파밧!

그렇게 지면을 차고 질풍처럼 출입구에 이르러 지척의 여인을 향해 강맹한 권격을 내질렀다.

콰하앙―!

파문처럼 퍼지는 붉은 아지랑이와 함께 여인은 한쪽 벽면에 등을 세게 쿵! 처박더니 아래로 쓰러졌다.

순간, 천공의 표정이 일변했다.

'이건 마치……'

견고한 철벽 위를 두드린 듯한 느낌이었다.

능히 몸통을 꿰뚫고도 남을 공력이었는데, 바닥에 드러누운 상대의 몸은 말짱했다.

그사이, 광진의 일수에 의해 한 여인이 또 저만치 뒤로 나가떨어졌다.

나머지 두 여인이 지면을 차고 사선으로 기우뚱 도약해 벽면을 팍! 내딛더니, 맹금(猛禽)처럼 갈지자로 교차하며 천공과 광진에게로 쇄도했다.

쉬이익, 쉬이익!

두 여인이 횡으로 손날을 날카롭게 휘두른 찰나, 천공과 광진이 급격히 상체를 앞으로 꺾었다.

머리 위를 스쳐 지나간 손날이 출입구 좌우의 벽면을 긁으며 따가운 음향을 토했다.

카가가가가각—!

동시에 천공의 우권과 광진의 금강저가 묵직한 경력을 토해 내며 두 여인의 가슴과 배를 두들겼다.

퍼헝, 콰아앙!

두 줄기 파공성과 함께 여인들은 뒤로 튕기듯 날아가 지면 위로 쓰러져 누웠다.

천공은 통로 여기저기에 너부러진 여인들을 바라보며 살짝 인상을 찌푸렸다.

"광진 스님, 뭔가 이상하지 않습니까?"

그러자 광진이 눈짓을 보내며 말을 받았다.

"자네도 느꼈구먼. 맞아, 생의 기운이 일절 느껴지지 않았네. 흡사 죽은 사람처럼……."

"앞서 격렬하게 움직이면서도 작은 숨소리조차 내지 않더군요."

천공은 즉시 가까운 곳에 드러누운 여인 곁으로 다가가 쪼그리고 앉으며 목에 자신의 손가락을 가져다 댔다.

'흠, 맥박이 끊겼구나. 즉사한 건가? 그런데…….'

손가락으로 전해지는 낯선 감촉.

싸늘한 주검처럼 온기가 전무했다. 마치 얼음장을 만지는 것 같은 기분이었다. 게다가 피부도 동사(凍死)한 것처럼 핏기 하나 없었다.

죽은 지 얼마 되지 않은 사람 몸이 이토록 차가울 수 있다니, 불가해한 일이었다.

금강저를 갈무리한 광진이 길을 앞장서며 말했다.

"자, 어서 가도록 하지. 아마 통로가 끝나는 지점에 바깥으로 나가는 문이 있을 것이야."

뒤따라 몸을 일으키던 천공이 별안간 흠칫 놀라 동작을

멈췄다. 반쯤 감긴 여인의 눈을 본 까닭이었다.

'저것은……'

검은자위와 흰자위를 구분하기 힘든, 희끄무레한 눈동자.

평범한 사람의 것이라 보기 어려웠다.

그 순간, 반쯤 감긴 눈을 부릅뜬 여인이 돌연 손톱을 세워 천공의 얼굴을 할퀴고 들었다.

순간, 본능적으로 고개를 젖힌 천공.

찌이이익!

얼굴 대신 가슴의 천이 길게 찢겨 나갔다.

신속히 오 보 뒤로 후퇴한 천공은 낯빛이 딱딱하게 굳었다. 반응이 조금만 늦었다면 얼굴에 큰 상처를 입고 말았을 것이다.

바로 그때.

퍼억!

둔탁한 음향이 울리며 광진의 신형이 미끄러지듯 천공옆으로 후퇴했다.

놀란 천공의 눈길이 전방을 향했다.

대략 십 보 거리.

맨 처음 광진의 일격을 받고 쓰러졌던 여인이 긴 흑발을 늘어뜨린 채 꼿꼿이 서 있는 게 보였다.

방금 전 천공을 공격한 여인과 마찬가지로 광진도 그 여인의 기습을 받은 것이었다.

광진이 좌측 팔뚝을 감싸 쥐며 말했다.

"큼, 불가해한 일이군! 내 분명 적지 않은 공력을 쏟았는데……."

그의 팔뚝 위엔 다섯 개의 가느다란 혈흔이 문신처럼 새겨져 있었다.

이내 다른 여인들도 긴 흑발을 출렁이며 차례차례 몸을 일으켜 세웠다.

앞서 공세를 받은 충격 따윈 전혀 없다는 양 무표정한 얼굴들.

상황은 다시 원점이 되었다.

천공이 내공을 운용하며 나지막한 목소리를 흘렸다.

"일신의 공력은 대단하지 않은 듯싶은데, 아마도 신체 자체가 어떤 특별한 능력을 발휘하는 것 같습니다."

"어쩐지 일이 너무 쉽게 풀린다 했더니…… 끌!"

혀를 찬 광진이 법복을 펄럭이며 돌진하더니 예의 여인의 가슴팍을 노려 금강저를 내찔렀다.

카아앙!

금강저와 부딪친 가슴팍이 금속성을 터뜨림과 동시에 여인의 신형이 저 멀리로 튕겨 나갔다.

결코 사람 몸에서 날 법한 소리가 아니었다.

호흡지간 나머지 여인들이 병풍처럼 늘어서며 통로를 가로막았다.

지나가고 싶거든 우리부터 죽여 보라.

필시 그런 뜻이었다.

광진이 도로 신형을 뒤로 물리며 탄식 섞인 목소리를 흘려보냈다.

"허어, 내 이제야 실체를 깨닫다니……."

"광진 스님, 왜 그러십니까?"

"잘 보게. 그녀들 전부 숨을 쉬고 있지 않아."

불길한 예감이 섬광처럼 천공의 뇌리를 뚫고 지나갔다.

"그 말씀인즉……."

"음, 산 사람이 아닐세. 사악한 귀력의 조종을 받아 움직이는 시신들이야."

천공의 두 눈이 경악을 담고 흔들렸다.

인간 시체 병기.

강시.

언젠가 강시에 대한 이야기는 들어 보았다. 하나 이렇듯 직접 마주하는 것은 처음이었다.

광진의 관자놀이 위로 굵은 심줄이 불거졌다.

"천인공노할 만행이로다!"

덩달아 천공도 분노를 느꼈다.

'강시라니, 도대체 누가 이런 짓을······! 세상에 알려지면 곧바로 강호의 공적이 될 텐데. 설마 그러한 위험까지 감내하고라도 강시를 만드는 중이란 말인가!'

사람의 시신을 이용해 몹쓸 짓을 벌이는 것은 무림의 절대금기 가운데 하나였다.

흔히 정파가 손가락질하는 사파에서도 강시를 만드는 일은 엄금했다. 그것은 곧 멸문으로 향하는 지름길이었으니까.

그사이, 쓰러졌던 여인이 대열에 합류해 섰다. 그녀는 조금 전 광진의 공격에 의해 흉부가 움푹 꺼진 상태였다. 그럼에도 불구하고 운신하는 것에 전혀 무리가 없었다.

광진이 엄중한 목소리로 일렀다.

"강시는 하루 종일 싸워도 절대 지치는 법이 없어. 또 웬만한 도검으론 쉬이 상처를 입지 않지."

"알고 있습니다. 설령 심장을 뽑아도, 내장이 터져 나가거나 팔다리가 잘려도 계속 움직이지요."

"해결책은 오직 하나, 목을 베는 것이네."

"예, 그것 또한 알고 있습니다. 머리를 잘라 혼의 사슬을 끊어야 비로소 완전한 죽음을 맞는다는 것을······."

천공은 정면에 선 여인들을 바라보며 안타까운 마음에

주먹을 불끈 쥐었다.

그녀들 모두 한때는 누군가의 소중한 아내이거나, 또 누군가의 귀한 딸이었을 것이다. 그런데 지금은 자아와 이지를 모두 상실한, 복종의 귀물로 화하고 말았다. 그 자신들은 결코 바라지 않았을 일일진대.

아랫입술을 지그시 깨문 천공이 속으로 외쳤다.

'용서할 수 없다! 감히 사람의 시신을 가지고 이런 짓거리를 일삼다니……'

비로소 이 지하 공간의 용도를 깨달은 그였다.

이곳은 사람을 납치해 죽인 후 강시를 만들기 위해 안배해 놓은 악랄한 함정!

삶과 죽음의 섭리를 거역하는, 용서하기 힘든 역겨운 마행(魔行)이다.

대소림의 제자로서 절대 그냥 지나칠 수 없는, 인륜을 저버린 죄업이다.

"전부 목을 베어 사악한 금제로부터 해방시켜 줘야 합니다."

천공의 말에 광진이 금강저를 강하게 움켰다.

"저 강시들을 전부 죽이려면…… 내공 소모가 상당할 것이야."

"그래도 어쩔 수 없지요."

천공은 즉각 체내 기운을 한껏 이끌어 냈다.

츠츠츠츠츠—!

핏빛 마기가 불꽃처럼 이글거리며 체외로 번져 나왔다.

사성 수위에 이른 천공의 짙은 마기는 그 분위기가 이전과 판이했다.

천공은 단숨에 하단전을 빠르게 돌리고 돌려 일신의 마공을 극성으로 운용했다.

이 싸움, 결코 길게 끌지 않으리란 의지였다.

드드드, 드드드드!

통로 전체가 떨림을 자아냈다.

육중한 마기의 압력 때문이었다.

만약 평범한 돌로 이뤄진 공간이었다면 벌써 균열이 생기며 갈라지고 부서졌을 것이다.

광진은 그 극성의 마기를 가까이에서 접하자 저도 모르게 소름이 죽 끼쳤다. 없는 머리털마저 쭈뼛쭈뼛 솟는 것 같은 느낌이었다.

'뭐라 형언하기 힘들 정도로 어두운 마기로구나! 흠, 소림사의 저력이 새삼 대단하다 생각되는군. 저러한 마공을 맘대로 제어할 수 있게 가르치다니…….'

사성 수위도 이렇게 패도적인데 장차 기로를 완벽히 회복해 십이성에 이르면 그 마기가 얼마나 무서울지 선뜻 상상이 가지 않았다. 또한 혜가선도심법의 기오막측한 묘용도 과연 어느 정도인지 쉬이 짐작하기 어려웠다.

"시작하지요, 광진 스님!"

짧은 외침을 발한 천공의 머리 위로 거대한 형상 하나가 떠올랐다.

시뻘건 핏물을 뒤집어쓴 듯한 마신.

패도적인 느낌을 풀씬 풍기는 그 마신의 형상은 이내 안개처럼 흐려지며 정수리로 이끌려 사라졌다.

천공이 처음으로 드러낸, 이름 모를 마공의 고유 발현 마기였다.

그 순간, 대열을 갖추고 서 있던 여인들이 무슨 이유인지 크게 동요하기 시작했다.

광진은 놀랍다는 듯 두 눈을 부릅떴다.

'아니! 감정 따위가 남아 있을 리 만무한 귀물인데 저러한 반응을 보이다니…….'

천공이 보법을 전개해 쾌속하게 나아갔다. 동시에 광진도 앞쪽으로 신형을 날렸다.

돌연 불가해한 일이 일어났다.

"으, 으어어……!"

"으아아! 으아아아!"

여인들이 괴성을 지르며 뒷걸음질 치기 시작한 것이

었다.

희끄무레한 눈동자에 공포의 빛이 깃들었다. 자신들을 노리는 존재를 두려워하고 있었다.

천공은 솟구치는 의문을 뒤로하며 권격을 내질러 한 여인의 가슴을 강타했다.

여인은 흉골이 으스러지며 벽면에 세게 부딪쳤다.

꽈광!

바로 그때.

이해할 수 없는 일이 또 일어났다.

일격을 받은 여인이 심한 경련을 일으키더니, 뇌천으로부터 시뻘건 기류가 치솟아 천공의 몸으로 빠르게 흡수되어 버린 것이다.

광진은 물론이고, 당사자인 천공마저 깜짝 놀랐다.

'웃!'

인상을 찌푸린 천공은 흡수된 기류가 체내 기맥을 타고 흘러 하단전의 기로를 비집고 든 후 기해혈에 자리 잡는 것을 느꼈다. 일말의 이질감도 없이 스르르 녹아들었다.

그렇게 내공이 증가했다.

정말이지 말도 안 되는 일이 벌어진 것이다.

예의 여인은 머리를 자르지도 않았는데 목내이(木乃伊: 미라)처럼 온몸이 한껏 쭈그러들어 죽고 말았다.

"자네! 괜찮은가?"

광진의 당황한 소리에 천공이 고개를 끄덕인 후, 즉각 다른 여인에게로 향했다.

이번에도 똑같았다.

여인은 극성의 공력이 실린 일격을 받자마자 뇌천으로 붉은 기류를 토했고, 곧바로 천공의 체내로 흡수돼 내공을 불렸다.

광진이 따로 나설 것도 없이 상황은 빠르게 정리됐다.

순식간에 두 여인을 추가로 처리한 천공은 마지막 남은 여인의 앞으로 가 우권을 뿌렸다.

후우우웅!

핏빛 마기가 회오리치는 권세.

겁에 질린 여인이 발악하듯 가슴 앞으로 쌍수를 교차했지만, 천공의 주먹은 그 팔을 튕겨 내며 그대로 몸통을 강타했다.

퍼어억—! 투하아악!

복부에 큼직한 구멍이 뚫렸다.

털퍼덕.

일 장 밖으로 나가떨어진 여인이 물에 젖은 종이처럼 바닥에 너부러졌다.

꿈틀꿈틀.

보기 흉한 몸부림을 치는 여인의 모습.

몸통이 구멍 나 오장육부가 엉망진창이 되었는데도 누군가가 영혼에 주입한 명을 수행하기 위해 아등바등하는 모습이 그렇게 애처로울 수 없었다.

천공은 돌연 눈살을 찌푸렸다.

'웃, 악취가⋯⋯.'

몸 밖으로 비어져 나온 내장 조각들이 썩은 내를 마구 풍겼다.

상태로 보아 죽은 지 한참 된 여인임이 분명했다. 또한 아직도 살아 꿈틀거리는 것으로 보아 앞서 여인들과 달리 힘이 조금 더 강화된 강시인 모양이었다.

경공술로 거리를 격한 천공은 그 여인 곁에 우뚝 서며 손날 위로 칼날 같은 마기를 내뿜었다.

츠으으으웃⋯⋯.

이내 팔놀림을 따라 도끼처럼 뚝 떨어져 내린 마기가 목을 절단했다.

투툭—!

저주로부터 비로소 해방된 여인.

천공이 씁쓸한 표정으로 그 여인을 내려다보았다.

"부디 극락왕생하시오, 소저⋯⋯."

그때, 여인의 머리에서 솟아 나온 시뻘건 기류가 뱀처

럼 천공을 팔을 휘감더니 순식간에 체내로 이끌려 사라졌다.

하단전이 미약하게 떨렸다.

일신의 내공이 재차 증가하고 있는 것이었다.

'이게 도대체 무슨……'

그새 여인은 전신이 고목(枯木)처럼 말라비틀어졌다.

광진이 서둘러 그 옆으로 와 섰다.

"강시의 기운을 흡수하다니, 진정 놀랍구먼! 그것도 마공의 일부인가?"

천공이 고개를 가로저었다.

"아니요. 저도 처음 겪는 일입니다."

"무어라……?"

"참으로 이상합니다. 강시들 몸에 깃들어 있던 기운이 제 몸속으로 들어와 새로운 내공으로 바뀌어 자리를 잡았습니다. 심지어 적은 양도 아닌…… 크으윽!"

신음을 흘린 천공이 갑자기 몸을 크게 휘청대며 괴로운 표정을 지었다.

"엇! 왜 그러나?"

"크으흑, 마지막에…… 흡수한 기운이…….."

그는 말을 끝까지 내뱉지 못했다.

복부를 마구 휘젓는 저릿한 통증이 원인이었다.

방금 전 흡수한 기운이 완전히 녹아들지 않고 작은 응어리로 남아 파동을 발생시키고 있었다. 그로 인해 기해혈이 좌우로 진동하며 참기 힘든 고통을 선사했다.

광진은 즉각 자신의 진기를 이용해 천공을 도우려고 등에 손바닥을 가져다 댔다. 한데 펑! 하는 파공음과 함께 붉은 아지랑이가 넓게 퍼지며 일체의 접근을 불허했다.

"끄으으…… 끄으으윽……!"

괴로워하던 천공의 몸이 별안간 괴이한 변화를 일으켰다.

기포가 방울방울 올라오듯 불룩거리는 피부.

천공이 고통스러운 얼굴로 그 자리에 가부좌를 틀었다.

"광진…… 스님, 호…… 호법을……."

"알았네, 내 곁을 지켜 줄 터이니 걱정하지 말게! 그나저나 운기조식으로 해결할 수 있겠나?"

천공이 고갯짓으로 대답을 대신했다.

일단 시도해 보는 수밖에 없다, 그런 뜻이었다.

얼마 지나지 않아 가부좌를 튼 천공의 몸이 땀으로 흠뻑 젖어 들었다. 평소보다 심력의 소모가 큰 모양이었다.

그로부터 반 시진 남짓한 시간이 흐른 때.

들숨과 날숨을 반복하던 천공의 표정이 비로소 안정되기 시작했다. 또한 기포처럼 부풀기를 반복하던 피부도 언제 그랬냐는 듯 원상회복되었다.

어느 순간, 천공의 체외로 가느다랗고 시뻘건 기류가 체외로 가닥가닥 솟아 어지러이 춤을 췄다.

츠츠츠츠, 츠츠츠츠……!

불꽃처럼 이글거리던 핏빛 마기는 이윽고 천공의 머리 위로 모여 커다란 고리를 이루며 회전했다.

찰나지간 광진이 경악하며 혀를 내둘렀다.

'허어, 볼수록 대단한 무재로구나!'

그는 그 현상이 무엇인지 잘 알고 있었다. 어제 동혈에서 비전 밀술을 시전했을 때 목도한 바 있는 현상이었다.

공력 단계의 상승. 즉, 천공의 내공 수위가 사성에서 오성으로 뛰어올랐음을 나타내는 것이었다.

시뻘건 마기의 고리는 이내 천공의 머리로 흡수되어 자취를 감췄고, 신형 주위로 붉은 마기가 뭉게뭉게 피어올랐다. 제 마공이 안정적으로 운용되고 있다는 증거였다.

이윽고 조용히 눈을 뜬 천공이 입술 사이로 나지막한 한숨을 내뱉었다.

너무나도 평온한 표정.

앞서 고통의 흔적 따윈 온데간데없었다.

천공이 고개를 돌려 지척에 선 광진을 올려다보았다.

"이제 괜찮습니다."

"자네…… 내공 수위가 상승한 건가?"

"예. 사성을 넘어 오성이 되었습니다."

사성일 때와 오성일 때, 그 일성의 차이는 자못 컸다.

내공의 양도 양이지만, 맘껏 구사할 수 있는 절기의 종류가 다르기 때문이다.

현재 천공의 무위는 어제 심계에서 천마존과 자웅을 겨루던 수준에 육박해 있었다.

기대하지 않은, 꿈에도 생각조차 못한 진일보.

거듭 혀를 내두른 광진이 물었다.

"무엇이 문제였나?"

"마지막에 흡수한 기운이 제법 거대해 하단전에 완전히 녹아들지 못하고 응어리를 만든 탓이었습니다."

"허어, 그 기운을 결국 자네 것으로 만들었군."

"예, 보시다시피. 하하……."

자리를 털고 일어난 천공이 양손을 가볍게 쥐었다 펴며 말했다.

"일단 이곳을 나가서 마저 이야기하지요."

두 사람은 신속히 통로 끝을 향해 내달렸다.

이윽고 그 끝에 이르자 지상으로 오르는 사닥다리가 설치되어 있었다.

사닥다리를 통해 마침내 탁 트인 숲으로 나온 천공과

광진은 가슴이 뻥 뚫리는 기분이었다.

"자네는 어서 희연을 찾도록 하게."

"광진 스님께서는…… 어떻게 하실 겁니까?"

"도침을 쫓아야지. 다른 사람은 몰라도 놈이 숨은 곳은 능히 찾아낼 수 있으리라 보네. 이곳에 머물고 있음을 확인했으니, 밀종 법술의 추적령(追跡靈) 주문을 사용하면 그리 오래 걸리지는 않을 것이야."

"저도 함께하겠습니다."

"그게 무슨 소리인가?"

"도침 뒤에 도사리고 있는 세력 때문입니다."

"흐음, 강시가…… 마음에 걸린 게로구면."

"그들을 내버려 둔다면 앞으로도 계속 죄 없는 희생자가 생길 테니까요. 결코 좌시할 수 없는 일입니다."

천공은 그 말과 함께 품을 뒤져 종이 한 장을 꺼냈다. 바로 개방이 제작한 신비괴림 지도였다. 그는 지도를 펼치더니 손가락으로 한 지점을 가리켰다.

"닷새 후 이곳에서 다시 뵙도록 하지요. 저는 그때까지 단 소저를 찾아보겠습니다."

"어디 보자, 호연곡(虎淵谷)이라……."

"지도에 적힌 대로 그곳 호수 일대는 안전하니 만남의 장소로 적당할 듯싶습니다. 참, 이 지도는 광진 스님께서 가져가십시오. 저는 일전에 지도를 잃어버리게 될 경우를 대비해 지형과 설명을 미리 머릿속에 기억해 놓았습니다."

"그래, 알았네. 다시 볼 때까지 부디 조심하게."

두 사람은 짧은 인사를 나눈 후 각자의 길로 내달렸다.

천공은 경공술을 펼쳐 운신하며 생각했다.

'신비괴림을 기반으로 하는 그 세력…… 아무래도 혈마맥(血魔脈)의 지맥(支脈)인 듯싶다. 만약 그게 아니면…… 아까 강시들 기운을 이질감 없이 흡수했던 게 설명이 안 되니까.'

*　　　　*　　　　*

숲 속 어느 절벽 아래의 후미진 풀밭.

"웃차차차……."

승궁인은 깍지를 끼고 허리를 쭉 펴며 늘어지게 기지개를 켰다.

혈조여왕 무리의 추적을 피해 다닌 지도 벌써 사흘째.

어제는 그들이 인공적으로 펼쳐 놓은 결계 때문에 하마터면 낭패를 당할 뻔했다.

'휴우, 이것도 못할 짓이군. 명색이 후개가 되어 가지

고 도망이나 다니다니…….'

승궁인은 고개를 절레절레 흔들며 옷매무시를 가다듬고 하늘을 바라봤다.

울창한 나무들 사이로 비껴 내리는 햇살이 눈이 부실 정도로 쨍쨍했다.

'이거, 늦잠을 잤군. 훗, 본 방에서 이 시간까지 자고 있었으면 대번 혼쭐이 났을 테지.'

밤이슬에 젖은 옷도 어느새 말라 가슬가슬했다. 사실 옷이라 표현하기도 민망한 누더기였지만.

승궁인은 곧 옆쪽으로 고개를 돌렸다. 그러자 작은 바위에 등을 기댄 채 새근새근 잠이 든 단희연의 모습이 동공에 담겨 들었다.

'나참, 혈기왕성한 남자 앞에서 어쩜 저리도 편하게 잘 자는지…….'

그는 보법을 밟아 그리로 가더니 조용히 턱을 괴고 앉아 그녀의 고운 얼굴을 물끄러미 들여다보았다.

언제 봐도 질리지 않는 미모였다.

일 년 전, 단희연과 처음 만났을 때가 생각났다.

승궁인은 당시 하남성 분타에 용무가 있어 들렀다가 여남현(汝南縣)의 한 객잔에서 그녀와 조우했다. 그 선려한 자태를 접하고서 한눈에 반해 적극적으로 구애했지만, 돌아온 반응은 쌀쌀맞기 그지없었다.

"예순 살이 되거든 날 다시 찾아와요. 그때 가서 내 모습을 보고도 여전히 아름답다고 여긴다면 군말 없이 그 청혼을 받아들이죠."

단희연이 당차게 내뱉은 말을 떠올리자 저도 모르게 피식 웃음이 났다.

'왜 냉옥검녀라 불리는지 그때 처음 깨달았지.'

그는 이내 단희연을 깨우기 위해 어깨로 손을 뻗었다. 그러다가 돌연 멈칫하더니 손의 방향을 바꾸었다.

복숭아 같은 뺨.

불현듯 만져 보고 싶은 욕구가 생긴 것이다.

뺨 위로 까만 머리카락 몇 올이 달라붙어 있어 더 매혹적으로 보였다.

그렇게 손길이 닿기 직전, 단희연이 눈을 번쩍 떴다.

승궁인은 움찔 놀라 황급히 손을 거둬들였다.

"아…… 깼어요?"

상체를 똑바로 일으켜 세운 단희연 머리칼을 쓸어 넘기며 눈을 흘겼다.

"방금 뭐 하려고 했어요?"

"아, 아무것도……. 그나저나 배 안 고파요?"

"흥! 비겁하게 잠자는 여자를 함부로 만지려 해요? 이제 보니 변태로군요."

"아니, 다짜고짜 변태라니……."

승궁인은 억울하다는 듯 변명을 했지만, 단희연은 들은 척도 하지 않았다.

어색한 분위기가 이어지던 어느 순간, 승궁인의 얼굴이 갑자기 붉으락푸르락하게 변하며 괴로운 듯 구겨졌다.

"으윽!"

그에 단희연이 화들짝 놀랐다.

"어머, 왜 그래요?"

"체내에 독이…… 스민 것 같아요. 으흐윽……."

'도, 독이라고……?'

단희연은 이해할 수 없었다. 며칠간 혈조여왕 등과 손속을 나누긴 했지만 독공의 징조는 일절 감지하지 못했기 때문이다.

'아! 설마 자는 사이에 독물에게 당한 건가?'

아나나 다를까, 승궁인이 입을 열었다.

"으윽……! 너무 방심했어요. 이곳은 온갖 괴수와 독물이 산다는…… 신비괴림인데……. 잠든 동안…… 모종의 독충(毒蟲)에게 쏘인 모양이에요. 큭……!"

"내력을 운용해 체외로 몰아내요! 안 돼요?"

단희연의 다급한 목소리에 승궁인이 힘겹게 고개를 가로저었다.

"지금 그렇게 하고 있는데…… 저항이 거세네요. 처음 접하는 강한…… 독성입니다. 우욱……. 내력으로 억누르는 중인데, 자칫하면…… 전체로 퍼질 것 같아요."

그는 이내 벌러덩 드러누우며 괴로운 듯 몸부림을 쳤다.

"앗, 승 소협! 정신 바짝 차리고 내력 운용을 멈추지 말아요! 독은 무릇 혈맥을 타고 번지기 시작하면 걷잡을 수 없으니까요! 참, 해독제 같은 건 준비 안 해 왔어요?"

"예……."

"어휴, 명색이 개방의 후개란 사람이 어쩜 그리도 준비성이 없어요! 아, 어떡한담?"

"소저, 진짜 미안한데…… 독을 입으로 빨아내야 될 것…… 같아요. 으으읏……! 이대로 가다가는……."

그러면서 간절히 부탁하는 눈빛으로 그녀를 바라보았다.

"그, 그래요. 한데 쏘인 부위가 어디죠?"

"그게 실은……."

승궁인이 손가락으로 어딘가를 가리켰다.

'어머! 뭐…… 뭐야?'

다름 아닌 배꼽 아래의 복부.

하필 쏘여도 그런 부위를 쏘이다니, 단희연은 당혹스러웠다.

"아, 아랫배라고요?"

"크윽…… 그 밑…….."

일순 단희연은 민망함에 옥용이 새빨갛게 물들었다. 차마 입에 담기 힘든 단어가 머릿속을 스쳤기 때문이다.

"승 소협, 그…… 그 밑이라 함은 설마…… 거기……?"

"으윽……! 맞아요. 고환을…… 쏘였어요. 아마도 독충이…… 옷 속으로 기어 들어왔던 것 같은데…… 어서 입으로 빨아내지 않으면……. 크흐읏."

"나더러…… 거, 거기에 입을 대라고요?"

승궁인이 바짓가랑이를 붙잡고 한층 괴로운 음성을 흘렸다.

"으흑, 정신이…… 가물가물해요."

"승 소협, 정신을 유지해요!"

기겁을 한 단희연은 즉각 그의 곁에 자리한 후 가슴 위로 손바닥을 얹었다. 그런 다음 진기를 부드럽게 발출해 승궁인의 기맥을 따라 복부로 흘려보냈다. 자신의 기운까지 보태면 독성을 완전히 몰아낼 수 있지 않을까 하는 생각에서였다.

"승 소협, 어때요?"

단희연의 다급한 물음에 승궁인이 고개를 가로저었다.

아무런 차도가 없다는 뜻. 결국 입으로 독을 흡입해 뱉어 내는 수밖에 없는 듯싶었다.

'어우! 정말 미치겠네!'

울상이 된 단희연은 아랫입술을 꾹 깨물며 갈등했다.

승궁인의 상태가 위독해 보였지만 선뜻 행동으로 옮기기가 쉽지 않았다.

물론 귀검성에서 오랫동안 생활했기에 남자의 중요 부위를 처음 접하는 것은 아니나, 그래도 수치스러운 건 어쩔 수 없었다.

"단 소저…… 으으으……! 어서 빨리……."

승궁인의 안색이 갈수록 나빠지자 단희연은 고심 끝에 결단을 내렸다.

'그래! 적이 언제 또 들이닥칠지도 모르는데, 승 소협을 저 상태로 계속 둘 순 없어!'

그녀는 민망함을 무릅쓰고 그의 요대로 손을 뻗었다.

"조, 조금만 참아요! 내가 일단 해 볼 테니까!"

홍시처럼 한껏 달아오른 두 뺨. 아직 혼인도 하지 않은 처녀로서 보통 큰 결심이 아니었다.

'눈 딱 감고…… 후딱 해치우는 거야!'

그렇게 부끄러움을 감내한 채 요대를 풀고 바지춤을 꽉 붙잡은 찰나, 승궁인이 돌연 상체를 벌떡 일으켰다.

"앗!"

단희연이 화들짝 놀란 순간, 승궁인이 크게 웃었다.

"아하하하하! 이야, 천하의 냉옥검녀도 부끄러워하는 게 다 있군요."

단희연은 어리둥절해했다.

"이…… 이게 무슨……?"

"미안해요, 하핫. 내가 옆에 있는데 하도 맘 편하게 자길래 왠지 조금 괘씸해서 장난 좀 쳐 봤습니다. 뭐, 조금은 안심했어요. 날 아예 남자로 여기지 않는 줄 알았거든요. 아하하하…… 우앗! 자, 잠깐……!"

승궁인이 뒤로 잽싸게 한 바퀴를 구름과 동시에 단희연의 검날이 예의 자리에 퍽! 쑤셔 박혔다.

"괘씸한……! 장난칠 게 따로 있죠!"

"지, 진정해요! 그렇다고 칼을 휘두를 것까지야……."

"흥, 맘 같아선 거기를 잘라 버리고 싶은 걸 간신히 참고 있는 거예요."

"헉! 거기를 잘라 버리다니, 생각만 해도 섬뜩하네요.

아직 한 번도 못 써 본 소중한 거시기인데……. 자, 자,
어서 칼집에 도로 넣어요. 대환단을 통해 얻은 소중한 힘
을 한낱 불쌍한 거지의 거시기 자르는 데에 쓰면 되겠어
요?"

승궁인은 호들갑을 피우며 남루한 바지를 추어올려 요
대를 묶었다.

바로 그때였다.

"오호호홋!"

듣기 거북한 교소가 울려 퍼지더니 멀지 않은 전방에
혈조여왕이 귀신처럼 모습을 드러냈다. 곧이어 소복을 걸
친 여인들, 아니, 강시들도 그 뒤에 일렬로 도열해 섰다.

단희연과 승궁인은 어느새 똑바로 서 싸울 태세를 취했
다.

"젠장, 저것들이 설마 지척에 와 있었을 줄이야…….
이거 참 곤란하게 됐네요."

승궁인의 투덜거림에 단희연이 눈을 흘기며 발끈했다.

"어휴! 그러게 이상한 장난은 왜 쳐 가지고……. 잠깐
정신이 팔려 저들 기척을 못 느꼈잖아요!"

기실 두 사람은 며칠 동안 운기조식을 제대로 행하지
못한 탓에 일신의 내공이 절반 이하로 줄어 있었다.

그런 상태로 지치는 법이 없는 강시를, 그것도 하나가

아닌 다섯을 상대하기는 무리였다. 게다가 범상치 않은 실력을 가진 듯한 혈조여왕까지 자리했으니.

한데 그것으로 끝이 아니었다.

사마서를 위시한 일련의 검수들이 두 개 조로 나뉘어 등장해 좌우 측방을 차단하고 섰다. 대략 서른 명 남짓한 인원이었다.

풀밭 뒤쪽엔 가파른 절벽이 위로 뻗어 있어 단희연과 승궁인은 꼼짝없이 갇힌 꼴이 되고 말았다. 정면 돌파 외엔 다른 방법이 없어 보였다.

승궁인이 은밀히 전음을 보냈다.

[소저, 내공이 부족하죠?]

[칫, 어쩔 수 없죠. 배수진(背水陣)을 치는 심정으로 싸워 길을 여는 수밖에…….]

[전방이든 측방이든 한 방향을 정해 빠르게 돌파하는 게 좋겠어요.]

[그럼 왼쪽으로 정하죠. 이제부터 전음도 보내지 말아요. 진기 한 줌이 아까운 상황이니까요.]

고개를 끄덕인 승궁인은 즉각 내공을 최대한으로 끌어올렸다. 질세라 단희연도 하단전의 내공을 이끌어 내며 칼자루를 쥔 손에 힘을 주었다.

두 사람의 내공이 발한 무형의 압력에 의해 지면이 가

녑게 떨린 순간, 혈조여왕의 입술이 비릿한 조소를 머금었다.

"후훗, 괜찮겠어? 내공이 부족할 텐데."

동시에 붉은 손톱이 기이한 소리를 내며 무려 한 자 가까이 길어졌다.

혈조여왕의 무공은 아주 특이한 조공(爪功)이었다.

흔히 조공이라 함은 열 손가락에 내공을 실어 맹수나 맹금의 그것처럼 매섭고 날카롭게 운용하는 것을 일컫는다. 굵은 쇠기둥도 할퀴어 부숴 버린다는 소림사의 금룡조가 그 대표적인 예였다.

하지만 혈조여왕은 손톱, 그 자체를 변화시켜 흡사 병기처럼 사용하는 조공이었다. 쉬이 보기 힘든, 일종의 사류 기공(奇功)이라 해도 무방했다.

우측의 사마서가 스릉! 하는 검명과 함께 칼을 자신의 가슴 앞으로 곧추세우며 으르렁거렸다.

"계집, 감사히 생각해라! 생포하라는 명만 아니었으면 벌써 우리 손에 뒈졌을 것이다!"

일전 단희연의 손속에 왼쪽 어깨를 다친 것이 못내 분한 모양이었다.

단희연이 특유의 싸늘한 안광을 쏘아 보냈다.

"이번엔 그 팔을 아예 잘라 주지!"

외침이 끝나기가 무섭게 사마서 쪽으로 검극을 뻗자 한 줄기 검기가 거리를 격해 맹렬히 쏘아져 나갔다.

'엇? 좌측이라 해 놓고……'

승궁인이 그 방향이 아니라고 생각할 때, 단희연이 검기를 발출한 반동력을 이용해 그 반대편으로 발을 굴려 돌진했다. 어떻게든 내공을 아끼기 위한 한 수였다.

'호오.'

승궁인은 그 기지에 살짝 감탄하며 뒤따라 좌측으로 신형을 날렸다.

사마서가 검을 힘차게 내질러 검기를 방어한 순간, 단희연과 승궁인은 좌측 검수들을 상대로 각자 초식을 전개하고 있었다.

쉬쉬쉬쉬, 파아아아아!

단희연의 검영과 승궁인의 장영이 강풍이 휘몰아치듯 사납게 쏟아지자 움찔한 검수들은 감히 정면으로 부딪칠 엄두를 내지 못했다. 그렇게 십여 명의 인원이 두 갈래로 벌어지며 가운데로 길이 생겼다.

'됐다!'

'열렸어!'

두 사람은 더 생각할 것도 없이 그리로 내달렸다. 하지만 어느새 강시들이 앞을 가로막았다.

단희연은 자신의 바로 앞에 있는 강시 둘을 노려 멸혼회무검법 제삼초, 분선파혼무를 시전했다.

엿가락처럼 휘어져 쇄도하는 횡단의 검기에 맞서 두 강시가 똑같이 팔을 크게 휘둘렀다.

펑, 퍼펑─!

파공성과 함께 두 강시의 신형이 고강한 검력을 버티지 못하고 십 보 뒤로 주르륵 밀려 고목에 등을 부딪쳤다. 그러자 아름드리나무가 와지끈! 비명을 토하며 무참히 부러졌다.

승궁인 역시도 육중한 파옥신장을 연거푸 쏘아 강시 둘을 뒤쪽으로 멀리 날려 보냈다.

그때, 나머지 강시 하나가 단희연의 등 뒤를 엄습했다.

'흥, 어딜!'

그녀는 즉각 교구를 반 바퀴 팽그르르 돌려 검극을 세차게 내질렀다.

쐐애애애액─!

멸혼회무검법이 아닌 단순한 찌르기. 하지만 극성의 공력이 실렸다.

꽈아앙!

검기에 가슴을 두드려 맞은 강시는 흉골이 움푹 꺼진 채 십 보 밖으로 나가떨어졌다.

단희연은 순간 진한 아쉬움을 느꼈다.

'목을 노렸어야 했는데…….'

예의 검수들이 일사불란하게 운신해 승궁인과 단희연을 포위했다. 하지만 적당히 간격만 유지할 뿐, 선뜻 덤벼들지 않았다. 앞서 귀물인 강시들도 튕겨 날아갈 정도의 무력을 감당할 자신이 없었기 때문이다.

신속히 곁으로 다가온 혈조여왕이 기다란 손톱으로 한 검수의 몸통을 꿰뚫어 죽여 버렸다.

"다들 봤지? 몸 사리면 내 손에 죽을 줄 알아!"

그녀의 앙칼진 고성에 검수들이 억지로 용기를 짜내 단희연과 승궁인을 공격했다. 뒤이어 강시들은 물론이고, 사마서와 다른 검수들도 그에 합류해 공세를 퍼부었다.

엎치락뒤치락, 말 그대로 난장판이 된 싸움.

승궁인과 단희연은 도망은 고사하고 제 몸 지키기에 바빴다. 이젠 내공을 아끼고 자시고 할 때가 아니었다.

뒤로 멀찍이 비켜선 혈조여왕은 기다란 손톱들을 딱딱! 부딪치며 득의의 소성을 흘렸다.

"우후훗, 드디어 사로잡을 수 있겠구나."

이대로 두 사람의 기력이 빠지길 기다리려는 것이었다.

짧은 시간 동안 검수 네 명이 목숨을 잃었지만, 혈조여왕이 두려운 사마서와 검수들은 이를 악물고 끈질기게 합격을 펼쳐 나갔다.

재차 검수 네 명이 고혼이 되었다. 그리고 또 셋, 그다음은 다섯…….

여유로운 태도로 전장을 관망하던 혈조여왕의 안색이 급격히 굳어지기 시작했다.

"이것들이…… 일 제대로 못해!"

내력이 실린 고함이 터져 나온 순간, 승궁인의 신형을 중심으로 거센 돌풍과 함께 무수한 장영이 폭발하듯 사방으로 뻗쳤다.

파아아아아아아아—!

구풍폭렬장(颶風爆裂掌).

용두방주 여태백이 만년에 창안한 장법이 승궁인을 통해 그 묘용을 드러내는 순간이었다.

질세라 단희연의 검도 유령검법 제일초, 유령선영을 토하며 정면 공간을 사납게 휩쓸었다.

촤아아아아앗—!

막대한 공력이 담긴 절륜한 검법과 장법 앞에 검수들은 만신창이가 되어 모조리 죽음을 맞았다.

사마서라고 예외는 아니었다.

"꺼헉……."

유령선영에 의해 온몸에 구멍이 난 그는 괴롭게 신음하

다가 곧 바닥에 머리를 처박고 숨이 끊겼다.

잔존한 적은 다섯 강시, 그리고 혈조여왕이 전부.

하나 두 사람에겐 지금부터가 진짜 고비였다.

승궁인이 인상을 찌푸리며 단희연을 향해 속삭였다.

"소저, 내공이 삼분지 일조차 안 남았어요."

"나도 마찬가지예요."

불현듯 짙은 살기가 둘의 날선 육감을 건드려 왔다.

다름 아닌 혈조여왕이었다.

"젊은 연놈이 제법인걸."

그녀는 사방에 널브러진 시신들을 두 눈에 담으며 목소리를 이었다.

"우리 피해가 이 정도로 크리라곤 예상 못했는데…….
정말 끝까지 날 짜증나게 만드는구나."

십 보 남짓한 거리로 다가선 그녀가 손톱들을 따다닥!
움직이자 강시들이 일제히 둥그렇게 펼쳐 서며 포위망을
구축했다.

승궁인은 주먹을 불끈 쥐며 마지막 남은 내공을 모조리
이끌어 냈다.

'제길, 위기다! 단 소저라도 빠져나갈 수 있게 어떻게
든 시간을 벌어 보자!'

의중을 읽은 듯 단희연이 단호히 고갯짓을 했다.

절대 자기 혼자 도망치지 않으리란 뜻이었다.

그 순간.

후우우우우웅!

요란한 풍성과 함께 시뻘건 기류에 휩싸인 인영이 후방에 불쑥 나타나 쾌속한 권격으로 강시 하나를 강타했다.

꽈아앙! 푸하아악!

몸에 커다란 구멍이 뚫린 강시는 그대로 날아가 바위 절벽에 깊숙이 쑤셔 박혔다.

인영의 얼굴을 본 단희연이 반색해 소리쳤다.

"아……! 천 소협!"

천공은 신속히 두 사람 곁으로 가 눈인사를 보내더니 곧장 쌍수를 좌우로 뻗었다.

동시에 창날 같은 핏빛 마기가 기다랗게 발출되어 강시 둘의 가슴을 관통했다.

퍼걱, 퍼거억!

그 상태로 손목을 강하게 비틀자 핏빛 마기가 나선으로 꼬이며 강한 회전을 일으켰고, 가슴을 꿰뚫린 두 강시는 제자리에서 한 바퀴를 돌아 바닥에 털썩! 나부라졌다.

직후, 바위 절벽에 쑤셔 박힌 강시가 경련을 일으키며 뇌천으로 붉은 기류를 내뿜었다. 이내 바닥에 쓰러진 강시들도 똑같이 신형을 부르르 떨더니 머리 위로 붉은 기류를 토했다.

슈우우우우……!

세 가닥의 기류는 일시에 천공 쪽으로 이끌리듯 쇄도해 체내로 흡수되었고, 강시들은 전부 온몸이 한껏 쭈그러들어 보기 흉하게 변모했다.

그 괴현상에 단희연과 승궁인이 흠칫 놀랐다.

혈조여왕도 마찬가지로 크게 놀랐는지 두 눈이 한껏 커져 있었다.

'저게 무슨……?'

그때, 세 강시의 기운을 흡수한 천공이 하단전을 돌리며 정수리 위로 거대한 형상을 띄워 올렸다.

핏빛으로 물든 마신.

만마(萬魔)를 군림하는 듯한 위용이 넘실거렸다.

곁에 자리한 단희연과 승궁인은 저도 모르게 뒷걸음질로 신형을 물렸다. 핏빛 마신의 형상을 접한 순간, 전신에 소름이 오소소 돋았기 때문이다.

혈조여왕이 도저히 믿을 수 없다는 표정으로 중얼거렸다.

"설마…… 혈마맥의 마공……?"

천공 일행의 전방에 자리한 강시 둘이 별안간 질겁한 비명을 내지르기 시작했다.

"으아아, 으아아아……!"

"으허어……! 흐어, 흐어억……!"

단희연과 승궁인은 똑같이 의문을 가졌다.

'세상에, 이지를 상실한 귀물이 두려움을 느껴?'

상식적으로 납득하기 힘든 반응이었다.

천공이 그런 강시들을 잠깐 애처롭게 바라보나 싶더니, 곧 질풍처럼 땅을 박차고 돌진했다.

파박, 후우우우웅—!

대기를 울리는 풍성과 함께 붉은 잔상을 흩뿌리는 신형.

순식간에 거리를 압축한 그가 앞쪽 좌측에 선 강시를 향해 손날을 횡으로 긋자 붉은 마기의 칼날이 발출됐다.

퍼거억!

강시의 머리가 잘려 나가며 둔탁한 음향을 토했다.

손날을 휘두른 자세 그대로 신형을 빙글 뒤돌린 그는 마지막 남은 강시의 목마저 단숨에 절단해 버렸다.

퍼—걱!

허공으로 치솟은 두 개의 머리가 이내 땅 위로 떨어져 데구루루 굴렀고, 예의 붉은 기류가 뭉게뭉게 피어올라 천공에게로 모조리 흡수됐다.

'다들…… 저승으로 가 편히 쉬길 바라오. 현세에서의

복수는 내가 대신 해 주리다!'

천공은 강시로 화했던 여인들의 명복을 속으로 빈 다음 십 보 거리에 선 혈조여왕에게로 눈길을 옮겼다.

시선을 마주한 혈조여왕의 동공이 큰 파문을 일으켰다.

'저자가 구사한 것은 분명 혈마맥의 마공이야! 정말 놀랍구나. 우리 외에 혈마맥의 지맥이 또 있었단 말인가? 본 궁으로 가서 이 사실을 알려야 하는데…….'

어느덧 심장을 조여 오는 두려움.

오랏줄에 묶인 듯이 꼼짝하기가 힘들었다.

난생처음 맛보는, 현 구천혈궁의 주인인 사스케 앞에서도 느껴 본 적 없는 공포였다.

앞서는 몸을 뺄 잠깐의 시간이 있었다. 하지만 이젠 때가 늦고 말았다. 싸워 길을 여는 수밖에 없었다.

창졸간, 승궁인과 단희연이 표홀히 운신해 혈조여왕의 양 측방을 점하고 섰다.

결판을 짓겠단 뜻이었다.

둘 다 일신의 내공이 채 삼분지 일도 남지 않았지만, 그래도 한두 번의 절기는 능히 구사할 수 있는 양이었다.

혈조여왕은 상황이 역전되자 초조한 마음에 아랫입술을 잘근 깨물며 연신 손톱들을 딱딱! 부딪쳤다.

피핏, 피피핏…… 피핏……!

천공의 몸 주위로 시뻘건 마기가 가닥가닥 치솟아 날카로운 음향을 터뜨렸다. 마치 지옥의 겁화처럼.

드드드드드!

지축을 흔드는 마기의 육중한 압력에 혈조여왕은 얼른 내공을 극성으로 끌어 올렸다. 하나 어깨를 짓눌러 오는 무게감이 여간 아니었다.

'치익……! 결국 여기서 승부를 내는 수밖에 없겠구나!'

그녀는 이미 죽음을 각오했다.

걸음을 뗀 천공이 오 보 간격에 이르러 멈추며 물었다.

"동굴의 함정과 연계된 그 지하 공간…… 사람을 납치해 죽인 후 강시를 만들기 위해 설치해 둔 건가?"

혈조여왕은 애써 두려움을 떨치며 만면에 표독스러운 미소를 그렸다.

"오호호호! 알면서 뭘 물어. 가만…… 그랬군, 그랬어. 며칠 전 고려 출신 땡추와 함께 지하 공간으로 든 녀석이 바로 너였구나! 그럼 내가 보낸 혈정강시(血精殭屍)들을 모조리 죽였느냐?"

"혈정강시라……. 일반적인 강시와 달리 혈마맥의 힘을 이용해 만든 강시였군. 그렇다면 네가 몸담은 곳이 혈마맥의 지맥 중 하나인가?"

그러자 혈조여왕이 되물었다.

"과연 내 짐작이 맞았어. 그에 대해 알고 있다는 것은 곧…… 너도 혈마맥의 지맥이란 뜻이지?"

"그렇게 보이나?"

"어설픈 발뺌은 집어치워! 핏빛 마기는 오직 혈마맥의 마공만이 가지는 특성이 아니더냐!"

두 사람의 대화를 듣고 있던 단희연의 눈동자가 찰나지간 이채를 담았다.

'혈마맥이라고?'

한편, 승궁인은 무슨 이유인지 자못 놀란 표정이었다. 방금 언급된 혈마맥에 대해 뭔가 알고 있는 눈치였다.

천공이 양 주먹을 세게 움키며 말했다.

"본거지의 위치가 어디인가?"

"흥, 죽게 된 마당에 배신자가 될 수는 없지! 한데 궁금하구나. 혈마맥의 마공을 익힌 인물이 어째서 저들을 돕는 거지? 아니, 질문을 바꾸지. 어째서 우리와 대적하려는 거냐? 너도 혈마맥의 옛 영광을 화려하게 부활시키는 것이 목적 아니야?"

"한참 잘못 짚었군."

"뭐라고?"

"난 이 세상을 어지럽히는 모든 마를 멸하기 위해 혈마맥의 마공을 익힌 것이다."

"모든 마를 멸해? 오호홋! 의협 놀음을 하고 싶은 거야? 참으로 가관이구나."

"혈마맥의 지맥은 이미 오래전에 멸망한 줄 알았는데 이렇듯 잔존하고 있음을 확인했으니…… 내 직접 본거지를 찾아내 섬멸해 버릴 것이다."

천공의 단언에 혈조여왕이 기다란 손톱 위로 붉은 마기를 이글이글 피워 올렸다.

"혈정강시들을 쓰러뜨렸다고 우쭐대기는……. 보아하니 동류의 마기를 흡수하는 속성을 가진 듯한데, 그래 봤자 지맥은 지맥일 뿐이다. 그런 식으로 기운을 계속 흡수하다간 중단전과 하단전에 무리가 따라 결국 망가지고 말걸?"

"그래, 지맥은 지맥일 뿐. 하나…… 본맥(本脈)이라면 이야기가 다르지."

천공의 말에 별안간 혈조여왕의 낯빛은 사색이 되었다. 그와 동시에 앞서 나타났던 핏빛 마신의 형상이 그녀의 뇌리를 스쳐 지나갔다.

"가만, 설마 네가…… 혈마맥 본존(本尊)의 명맥을 이은……?"

"이것이 바로 본맥의 마공이다!"

일갈한 천공이 좌족(左足)을 앞으로 세게 내딛어 지면을 쾅! 찧자 시뻘건 마기의 파도가 전면으로 쇄도했다.

파아아아아아아—

혈조여왕이 그에 질세라 몸을 웅크리며 쌍수의 손톱을 땅에 쑤셔 박았다.

콰콰콰콰콰콱—!

그러자 열 가닥의 붉은 예기가 지면을 타고 빠르게 돌진해 천공이 발한 기파와 정면으로 부딪쳤다.

쿠하아앙!

굉음이 울리며 반경 오륙 장의 공간이 요동을 쳤다.

승궁인과 단희연은 마기의 잔해가 사방으로 퍼지자 즉각 진기로 기맥을 보호했다.

천공의 마력에 밀린 혈조여왕은 돌풍에 휩쓸린 낙엽처럼 뒤로 세게 튕겨져 날아가 고목에 등을 들이받고 엎어졌다.

"흐으윽!"

내상을 입은 듯 입가로 흘러내리는 가느다란 선혈.

찰나지간 그 머리 위로 그림자가 어렸다.

'앗! 어느새…….'

기겁한 그녀가 본능적으로 신형을 뒤로 빼자 천공의 발바닥이 간발의 차로 예의 자리를 두드려 부쉈다.

꽈지지직—!

지면이 움푹 꺼지며 어지러이 균열을 토했다.

혈조여왕이 벌떡 일어서기가 무섭게 천공이 그 앞을 육박해 들며 우권을 내질렀다.

핏빛 회오리의 권경.

피하기엔 이미 늦은 상황이었다.

이를 악문 혈조여왕은 열 개의 손톱을 예 자(乂字)로 교차했다. 하지만 천공이 발한 권경의 가공할 회전력이 그 손톱 전부를 쇄파해 버렸다.

까가강, 까가가가강!

따가운 금속성과 함께 손톱 파편들이 산지사방 날아갔고, 충격을 받은 혈조여왕은 일 장 밖으로 주르륵 밀려나며 피를 왈칵 토했다.

"우웨엑……!"

호홀지간 천공이 그 자리에서 물건을 훔켜쥐듯 우수를 놀렸다. 그에 거대한 마귀의 손을 닮은 시뻘건 마기가 발출되어 일 장 거리를 격해 혈조여왕의 전신을 콱악 움켰다.

"끼아아아아아악!"

날카로운 비명을 토해 내는 붉은 입술.

눈을 번뜩인 천공이 손에 힘을 꽉 주자 붉은 마귀의 손아귀도 한층 고강한 마력을 발했다.

꽈득, 꽈드득! 뿌직, 뿌지직, 뿌직……!

마기의 악력(握力)에 짓눌린 혈조여왕의 교구가 연이은 파골음을 연주했다.

멀리서 그 광경을 바라보던 승궁인과 단희연은 저도 모르게 눈살을 찌푸렸다.

"으음, 정말 섬뜩하군. 단 소저, 안 그래요?"

"아…… 네. 천 소협이 익혔다는 마공의 묘용이 저토록 무시무시할 줄은 몰랐네요. 마치 천마존을 대하는 듯한 기분이랄까요."

"보아하니 천마존의 영혼을 봉인한 후 본연의 힘을 상당 부분 회복한 것 같네요. 여하간 저것은 소림사가 아니면 제어하기 힘든 고대의 절세 마공입니다."

그 말에 단희연의 동공이 반짝 빛을 발했다.

"가만…… 승 소협은 뭔가 알고 있는 것 같네요?"

"예. 설마하니 천공이 혈마맥의 본맥을 계승했으리라곤 상상조차 못했습니다."

"도대체 혈마맥이 뭐죠?"

"이따가 싸움이 끝나면 천공과 함께 이야기를 나누도록 해요."

그사이, 혈조여왕의 몰골은 끔찍하게 변해 있었다.

몸에 있는 뼈란 뼈는 모조리 부서졌으며, 의복은 물론이고 살갗까지 처참히 찢겨 나갔다. 심지어 내장 조각마저 체외로 비어져 나와 마구 흘러내리고 있었다.

천공이 우수를 살짝 흔들자 일 장 거리를 격한 핏빛 마귀의 손목이 빠르게 압축되었다. 덩달아 혈조여왕도 그 앞으로 이끌렸다.

"꺼허어…… 꺼어……! 역시…… 본맥의 힘은…… 감당할 수가……. 꺼허으윽……."

눈, 코, 입, 할 것 없이 검붉은 피가 줄줄 흘렀다.

그런 그녀의 동공 위로 천공의 싸늘한 얼굴이 비추어들었다.

"명부로 들거든 현세에서의 죄업을 성실히 참회하고, 다음 생엔 부디 선한 인간으로 태어나길 바란다."

"꺼어…… 꺼어어…… 개…… 소리 말고…… 주, 죽여라."

금방이라도 꺼질 듯한 힘겨운 음성. 하지만 두 눈엔 표독스러운 빛이 선명히 자리했다. 죽음이 임박하자 공포는 사라지고 독기만 남은 듯했다.

나지막이 한숨을 쉰 천공은 좌수로 혈조여왕의 멱살을 움키며 우수의 마기를 거두어들였다. 그러곤 곧 좌수로 공력을 집중시켰다.

부글부글.

혈조여왕은 체내의 모든 피가 끓어오르는 지독한 통증에 퍼덕퍼덕 경련을 일으켰다. 이내 전신 혈맥이 터질 듯 부풀어 오르더니 퍼어엉! 소리를 내며 폭발했다.

한순간 정적이 깃든 숲.

피를 흠뻑 뒤집어쓴 천공은 그 자리에 오롯이 선 채 속으로 굳게 다짐했다.

'악업은 반드시 고통의 과보를 초래하는 법. 혈마맥의 지맥…… 기다려라! 내 기필코 너희를 없애 버릴 것이야.'

단희연과 승궁인이 이윽고 천공의 곁으로 다가와 섰다.

"천 소협, 무사해서 다행이에요. 얼마나 걱정했다고요."

단희연의 말에 천공이 희미한 미소로 화답하며 고개를 끄덕거렸다.

뒤이어 승궁인이 계면쩍은 웃음을 입에 물었다.

"훗, 지난번엔 미안했네. 며칠 전 단 소저를 통해 그대의 숨은 사연을 들었어."

"아…… 그랬습니까?"

"참, 너무 걱정할 필요는 없어. 항마조와 천마존…… 그와 관련한 것들 전부 무덤까지 가지고 갈 테니까. 내가 이래 봬도 꽤 융통성 있는 거지라고."

천공이 목례로 고마움을 표한 후 말했다.

"앞으로 휘를 대할 때처럼 편하게 대해 주었으면 좋겠습니다. 은근슬쩍 말을 놓은 건 나와 친해지고 싶다는 뜻 아닙니까, 승 형?"

승 소협이 아닌 승 형.

그 소리에 승궁인이 환한 표정으로 천공의 어깨를 가볍게 두드렸다.

"훗, 그래. 천 아우만 좋다면 내 마다할 이유가 없지! 강호는 뭐니 뭐니 해도 인맥이 재산이니까. 그래서 말인데…… 나중에 일이 잘 풀려 소림사로 가게 되거든 나도 대환단 한 개 선물해 줄 수 없나? 단 소저를 보고 있자니 너무 부러워서 말이지. 아하하핫!"

단희연이 못 말리겠다는 듯 고래를 절레절레 흔들다가 천공을 보며 물었다.

"한데 광진 스님께선 어디 계시죠?"

"대화가 길어질 것 같으니 일단 자리를 옮기도록 하지요. 두 사람 다 현재 내공이 부족한 상태인 것 같은데, 운기조식부터 행하는 게 좋겠습니다. 내가 호법을 설 테니……."

그때, 승궁인이 표정이 일변하며 진중한 목소리를 흘

렸다.

"그전에 하나만 묻지. 미안해. 너무 궁금해서 말이야."

"괜찮습니다. 무엇입니까?"

"아우가 항마조 시절에 익혔다는 그 마공, 혈마맥의 본존인 혈마황(血魔皇)의 마공이 맞나?"

천공이 의외라는 표정을 짓다가 곧 옅은 미소로 말했다.

"역시 개방의 후개답게 많은 것을 알고 있군요. 예, 맞습니다."

"과연 그랬군!"

단희연이 고개를 갸웃거렸다.

"혈마황이…… 누군데요?"

그러자 승궁인이 대신 입을 열었다.

"일천 년 전, 천하를 피로 물들인 절세의 마인이에요. 새외 마도무림의 기원이라는 오대마맥(五大魔脈) 중 유일하게 그 명맥이 끊겼다고 전해지는 혈마맥의 본존, 즉 조종(祖宗)이랍니다."

눈이 휘둥그레진 단희연이 다시 물었다.

"아니, 일백 년도 아니고, 무려 일천 년 전의 마인이라고요? 그렇다면 천마교가 탄생하기 훨씬 이전이잖아요?"

머리를 주억인 승궁인이 씩 웃으며 말을 받았다.

"소저도 알다시피 천마교의 초대 교주는 천마대종사 혁비입니다. 그 혁비의 스승이 바로 천마맥(天魔脈)의 본존 천마황(天魔皇)인데, 혈마황과 동시대에 활약을 했지요. 본 방의 사서(史書) 기록에 의하면, 혈마황은 천마황과 자웅을 겨뤄 승리한 직후 홀연 종적을 감췄다고 해요. 한데 그 진전이 소림사에 보관되어 있을 줄은……."

그 순간, 일행이 자리한 주변으로 붉은 기류가 아지랑이처럼 피어올랐다. 바로 혈조여왕의 시신 파편들로부터 발생한 기류였다.

눈 깜짝할 사이에 큰 덩어리로 화한 붉은 기류는 그대로 천공 쪽으로 이끌리듯 쇄도해 종이로 물이 스미듯 스르륵 흡수되었다.

"으음……!"

짤막한 소리를 내뱉은 천공의 태양혈 위로 가느다란 핏줄이 불뚝 솟았다. 직후, 전신의 피부도 불에 달군 듯 벌겋게 달아올랐다.

"앗! 천 소협, 괜찮아요?"

단희연의 뾰족한 외침에 천공이 눈을 감고 가부좌를 틀며 말했다.

"너무 놀라지 말아요. 앞서와 마찬가지로 본맥의 힘이 지맥의 힘을 흡수하는 현상일 뿐이니……."

일전 피부가 기포처럼 부풀던 불안정한 반응 따윈 보이지 않았다. 공력이 오성에 이르며 금강불괴의 첫 단계인 외호금강경의 묘용 일부를 발휘할 수 있게 된 덕분이었다.

승궁인과 단희연은 방해가 되지 않게 숨을 죽이고 그 모습을 지켜보았다.

이윽고 천공의 몸에서 투둑! 하는 미약한 음향이 연속적으로 터져 나왔다. 그 직후, 가느다란 핏빛 기류가 마구 치솟더니 정수리 위로 모여 커다란 고리를 이루었다.

내공 수위의 상승.

오성을 넘어 육성의 경지로 발을 내디딘 것이다.

예의 고리가 뇌천으로 흡수되기 무섭게 천공이 두 눈을 번쩍 떴다.

본연의 힘이 드디어 절반 수준에 도달했다. 그와 더불어 외호금강의 위력도 완벽한 수준이 되었다.

하지만 그보다 더 놀라운 변화가 하나 있었다.

'기로들이 삼분지 이 가까이 회복되었어!'

천공은 육성의 성취보다 그 사실이 더 기뻤다.

신형을 일으켜 세운 그는 활짝 웃으며 단희연의 두 손을 덥석 잡았다.

"단 소저, 하단전을 향하는 기로들이 확장되었습니다! 거의 칠 할 정도로……! 또 본래의 힘마저 절반 수준까지 회복했어요!"

"어머, 정말이에요? 그럼 아까 몸에서 난 소리가……."

"위축된 기로들이 트이는 소리였습니다. 흑선을 만나기도 전에 이러한 변화를 맞이하리라곤 기대도 안 했는데, 아무래도 석가세존께서 돌보시는 모양입니다. 하하……."

듣고 있던 승궁인이 혀를 내두르며 감탄했다.

"휘유, 본맥이 괜히 본맥이 아니군. 지맥을 흡수해 자신의 힘으로 만드는 묘용을 가졌다니……. 그 때문에 혈정강시들과 괴상한 손톱요녀를 쉽게 처치할 수 있던 건가?"

"예, 아마도 그런 것 같습니다."

"흐음, 과연……. 자, 자! 축기도 해야 하고, 이것저것 대화할 것도 많으니 얼른 자리를 옮기자고. 그러니 단 소저 손은 그만 놓는 게 어때?"

천공이 그제야 황급히 손을 떼며 민망한 듯 낯빛을 붉혔다.

"소저, 미안해요. 너무 기뻐서 나도 모르게 그만……."

짐짓 헛기침을 한 단희연이 새초롬한 표정을 지었다.

"남자가 뭘 그렇게 쑥스러워하고 그래요?"

그러더니 냉큼 길을 앞장섰다.

승궁인이 장난스럽게 웃으며 말했다.

"하하하핫! 천 아우는 그냥 남자가 아니라 승려 출신이라고요, 승려 출신!"

                    *   *   *

구천혈궁 북쪽에 위치한, 지붕에 기왓장조차 없는 장방형의 건물. 이 건물은 구천혈궁이 설치한 함정에 빠져 납치된 이들이 수감된 뇌옥(牢獄)이다.

동방휘는 그 건물 지하의 독방에 갇혀 있었다.

벽에 등을 기대고 앉은 그는 현재 손과 발이 쇠사슬로 묶인 상태였다.

'내공은 그대로인데 진기를 운용하기만 하면 마구 흩어져 버리니…….'

답답할 노릇이었다. 아무리 용을 써 봐도 쇠사슬은 꿈쩍도 하지 않았다.

긴 한숨을 뿜은 동방휘는 철재 문 옆에 걸린 작은 등불을 바라보며 승궁인의 얼굴을 떠올렸다.

'승 형은…… 무사한 걸까?'

그때, 철커덕! 하며 철문이 열리더니 머리에 붉은 방립(方笠)을 눌러쓴 사내가 안으로 발을 들였다.

얼굴에 짙은 음영이 드리워 그 생김새를 자세히 파악하

긴 힘들었지만, 사십 대 정도로 짐작되었다.

동방휘의 눈동자가 별안간 급격히 커졌다.

'아니, 저게 도대체……!'

방립사내 옆쪽, 개처럼 목줄을 매단 남루한 복장의 노인이·쇠사슬이 감긴 손발로 바닥을 짚고 엎으려 있었기 때문이다.

머리털이 허옇게 센 노인은 어림잡아도 여든 살은 넘어 보였다.

방립사내가 손에 쥔 목줄을 가볍게 흔들며 말했다.

"당분간 이곳에서 저 녀석과 같이 지내도록."

그러자 노인이 고개를 끄덕거리며 힘없는 음성을 흘렸다.

"멍멍."

사람이 수치스럽게 개 짖는 소리를 내다니, 충격적인 광경이었다.

방립사내가 갑자기 노인의 옆구리를 퍽! 걷어찼다.

괴로운 신음을 토한 노인이 옆으로 고꾸라지며 몸을 부르르 떨었다.

"더 크게 짖지 못해!"

"어허윽…… 머, 멍멍! 멍멍멍……!"

"후훗, 옳지. 죽을 때까지 잊지 마라. 넌 인견(人犬)

이다."

"멍멍, 멍멍멍……!"

히죽 웃은 방립사내가 목줄을 사납게 당기자 노인이 바닥을 데굴데굴 굴러 동방휘의 전면에 털썩 쓰러져 누웠다. 제 몸을 가눌 힘조차 없는 듯싶었다.

분노한 동방휘가 핏대를 세워 소리쳤다.

"노인장께 이 무슨 패악한 짓이냐!"

예의 사내가 검지를 세워 방립 끝을 들어 올리자 음산한 분위기의 이목구비가 어렴풋이 드러나 보였다. 그러더니 재차 노인의 옆구리를 노려 세게 발길질했다.

퍼억!

숨통이 턱 막힌 노인은 신음조차 내뱉지 못한 채 노쇠한 몸을 부들부들 떨었다. 내장이 파열된 것은 아닐까 걱정이 될 정도였다.

"당장 그만두지 못해! 넌 부모도 없느냐!"

동방휘의 일갈에 방립사내가 입꼬리를 씰룩 올렸다.

"큭, 네가 그렇듯 발악을 해 대니 더 흥이 나는걸. 어쭙잖은 인륜 타령을 하고 싶은 건가? 잘 봐라. 이곳에선 오직 주인과 노예의 관계만 존재할 뿐이다. 어이, 인견! 본좌의 신이 더럽구나."

이윽고 노인이 힘겹게 두 손 두 발을 개처럼 짚더니 엉

금엉금 기어 방립사내의 신을 혀로 핥기 시작했다.

동방휘는 순간 말문이 막히고 말았다.

'세상에……! 도대체 어떤 세뇌를 당했기에 사람이 저 지경으로…….'

분명 혹독한 고문이 따랐으리라. 그렇지 않으면 맨 정신으론 절대 행하지 못할 행위였다.

이내 방립사내가 요대 왼쪽에 걸린 두루주머니를 끌러 작은 고깃덩이를 꺼내 바닥에 툭 던졌다. 무슨 종의 짐승인지 알 수 없지만 쿠린내가 짙게 풍겼다.

"자, 상이다. 맛있게 먹어라."

"멍멍! 멍멍!"

"잠깐. 먹기 좋게 양념을 발라 주마. 후훗."

사악한 웃음을 흘린 방립사내가 신발 바닥으로 고깃덩이를 마구 짓뭉갰다. 그러자 고깃덩이의 표면에 더러운 흙가루가 잔뜩 묻었다.

그것을 본 동방휘는 전신의 피가 거꾸로 솟구쳤다.

"이 패악한……! 네 정녕 사람의 탈을 쓴 귀축이구나!"

"측은지심을 느낄 여유 따위는 없을 텐데. 당장 네 처지부터 걱정해라, 동방휘."

"향후 본 가에서 이 일을 알게 되면 너희 모두 무사할 것 같으냐!"

"승궁인이 이곳을 빠져나가 지원군을 데려올 것이라 기대하고 있는 듯하군. 후훗, 미안하지만…… 그 더러운 거지는 이미 목이 잘려 죽었다."

방립사내의 말에 동방휘의 동공 위로 파문이 번졌다.

"죽었…… 다고? 승 형이……?"

"제아무리 난다 긴다 하는 개방의 후개라도 다수의 강시들을 상대로 끝까지 버틸 수는 없는 법이지. 사람의 내공은 무한한 게 아니니까."

'강시들? 아……! 그럼 이곳이 바로 구천혈궁……?'

동방휘는 예전 승궁인을 통해 구천혈궁에 대한 대략적인 이야기를 들은 적이 있었다.

방립사내가 신형을 뒤돌려 걸음을 옮기며 이기죽거렸다.

"애송이, 그 인견을 잘 봐 둬라. 네 미래의 모습이니라."

그때, 동방휘가 불쑥 물었다.

"넌…… 이름이 뭐지?"

발을 멈칫한 방립사내가 고개를 비틀어 동방휘를 잠시간 노려보다가 나지막이 대꾸했다.

"후, 이름 따윈 없다. 혈영권왕(血影拳王)이란 영광스러운 칭호만 있을 뿐. 한데 그건 왜 묻느냐?"

평정심을 되찾은 동방휘가 싸늘한 목소리를 내뱉었다.

"나중에 네 목을 자르면 그 몸뚱이에 명호를 적은 푯대 하나 정도는 달아 주려고."

"하하하, 하하하하!"

혈영권왕이 어깨를 들썩이며 대소했다.

"가문의 명예를 걸고 약속하지. 넌 반드시…… 내가 베어 버릴 것이다!"

"주제도 모르는 녀석……. 사스케 님의 명만 없었다면 네놈은 벌써 내 손속에 산송장이 되었을 것이야."

끼이익, 쾅!

철문을 닫은 혈영권왕은 복도 저편으로 모습을 감췄다.

동방휘는 서둘러 예의 노인의 상태를 살폈다.

"어르신, 괜찮으십니까?"

노인은 그제야 인견 행세를 멈추고 편한 자세로 바닥에 엉덩이를 붙였다.

"젊은이…… 내 나잇값도 못하고…… 부끄러운 꼴을 보이고 말았구먼. 부디 이해해 주게. 크흑, 크흐흑……."

입술을 비집고 터져 나오는 통한의 울음소리.

두 손으로 얼굴을 감싼 채 오열을 쏟는 노인의 어깨가 억울한 삶의 무게를 싣고 들먹거렸다. 참고 또 참던 서러운 눈물이라 쉽사리 그칠 것 같지 않았다.

동방휘는 바위를 얹은 듯 가슴이 무거웠다.

'사람으로서 가장 수치스러운 모습, 그것도 타인이 보는 앞에서 그런 모습을 보였으니 얼마나 마음이 아플까.'

할 수만 있다면 그 노인 곁으로 가 따스하게 보듬으며 위로해 주고 싶었다.

'구천혈궁이 이토록 패악한 집단일 줄은 몰랐다. 시신을 이용해 강시를 만드는 것도 모자라 사람을 감히 개 취급하다니…….'

입술을 지그시 감쳐문 그는 목메어 우는 노인을 가만히 응시했다.

불현듯 신기루처럼 눈앞에 아른거리는 얼굴 하나.

바로 오 년 전, 칠십칠 세를 일기로 타계한 조부 청룡검백(靑龍劍伯) 동방몽(東方蒙)의 얼굴이었다.

막내 손자라고 늘 애정 어린 눈길로 보살펴 주던 그 따스한 손길이 생각나자 저도 모르게 눈물이 울컥 솟아올랐다. 게다가 며칠 전 보았던 서란의 낯선 모습까지 겹쳐 떠오르자 슬픔이 한층 커져 흉중을 뒤흔들었다.

'참아라. 운다고 해결될 일이 아니다! 더군다나 저 노인장 앞에서 눈물을 보이는 것은 실례가 아닌가. 나보다 더한 곤경을 오랜 시간 버티어 오신 듯한데…….'

얼른 고개를 뒤로 젖힌 동방휘는 충혈된 눈을 빠르게

껌뻑거려 억지로 눈물을 집어넣었다.

노인은 통곡은 오랜 시간 독방 안을 울렸다. 그러던 어느 순간, 곡소리가 잦아들더니 노인이 해진 소맷자락으로 눈가를 닦으며 쉰 음성으로 물었다.

"자네 이름이…… 동방휘라고 했지?"

"예, 어르신. 동방가의 삼남입니다."

순간, 노인의 동공 위로 한 가닥 이채가 스쳤다.

"가, 가만…… 그렇다면 자네 부친의 성명이……?"

"표 자, 호 자를 쓰십니다. 조부께서는 몽 자 되시고요."

"허어, 이런 인연이 다 있다니……! 내 이런 곳에서 지인의 직계 혈통을 만나게 될 줄은 몰랐구나."

"예?"

"노부는 과거에 청룡검백과 아주 깊은 정을 나눈 사이라네. 물론 자네 부친인 동방표호와도 종종 봤고……. 흐음, 내가 이곳에 갇힌 동안 몽, 그 친구가 표호에게 가주자리를 물려주고 은퇴를 선언한 모양이군."

동방휘는 잠시간 뜻밖이라는 표정을 짓다가 정중한 어조로 말했다.

"할아버님께서는…… 오 년 전에 천수를 다하시고 세상을 떠나셨습니다."

"아아……!"

노인이 크게 놀란 듯 탄식을 자아냈다. 그런 그의 표정엔 어떤 그리움과 회한의 빛이 마구 뒤섞여 있었다.

"그랬군. 몽이…… 죽었단 말이지. 끌, 끌……. 내 이곳에 갇히는 바람에 절친한 벗의 임종조차 지켜보지 못했군. 면목이 없도다."

"죄송하오나 어르신 존함이……?"

"노부는 하후가(夏侯家)의 하후양(夏侯陽)이라 하네. 자네가 태어나기도 전에 이곳으로 끌려와…… 치욕적인 삶을 연명 중이지."

'하, 하후양!'

동방휘의 낯빛이 경악으로 물들었다.

눈앞의 병약한 노인이 설마 칠대세가인 금도하후세가(金刀夏侯世家)의 전대 가주일 줄은 꿈에도 몰랐다.

17장.
드러나는 비사(祕史)

하남성 허창(許昌)에 자리한 금도하후세가는 장중한 도법을 자랑하는 유서 깊은 가문으로, 안휘성 합비(合肥)의 천뢰남궁세가(天雷南宮世家)와 더불어 그 역사가 가장 오래된 세가 중 하나로 이름을 떨치고 있었다.

특히 당금 가주이자 대정십이무성의 일인인 패도대공(覇刀大公) 하후완(夏侯腕)은 강호의 오대도객(五大刀客)에 꼽힐 정도로 도를 다루는 솜씨가 절륜했는데, 그 하후완이 바로 하후양의 장남이었다.

동방휘는 쇠사슬에 묶인 손과 발을 어렵사리 움직여 무릎을 모으고 앉았다.

"금도하후세가의 태가주(太家主)를 예서 뵙다니……. 정말 영광입니다. 할아버님과 아버님을 통해 그 높으신 명성은 익히 들어 왔습니다."

"무슨……. 그저 지나간 영광일 뿐이네."

그렇게 중얼거린 하후양은 차마 지인의 손자를 바로 마주하기가 민망스러워 고개를 떨어뜨렸다.

한때 삼절금도야(三絕金刀爺)라 불리던 전국적 고수의 위용은 간곳없고 초라한 모습만 덩그러니 남았다.

형언하기조차 힘든 자괴감.

하기야 어느 누구라도 그와 같은 처지에 놓인다면 자괴감이 들지 않을 수 없을 것이다.

하후양의 마음을 헤아린 동방휘가 조심스럽게 입을 뗐다.

"할아버님께서…… 생전에 어르신 이야기를 종종 해 주셨습니다. 또한 매해 명절 때마다 어르신에 대한 시를 지어 읊으시며 그 모심(慕心)을 달래셨답니다."

하후양은 머릿속으로 그런 동방몽의 모습을 상상하며 고개를 주억거렸다.

"음, 말만 들어도 고맙구먼. 그래, 몽 그 친구의 마지막 모습은 어땠나?"

"아주 편안히 떠나셨습니다. 타계하시기 전날 몇 가지

유언을 남기셨는데, 그 가운데엔 금도하후세가와 돈독한 우의를 다지라는 당부도 있으셨지요."

울컥한 하후양의 눈가가 다시금 촉촉해졌다.

동방휘가 문득 목청을 가다듬더니 기억을 더듬어 과거 동방몽이 지은 시들 중 기억나는 것 한 가지를 읊었다. 그에 하후양은 두 눈을 지그시 감은 채 붕우(朋友)를 그리며 추억에 잠겼다.

구음(口吟)을 마친 동방휘는 잠시 여운이 사라지길 기다렸다가 근래 금도하후세가의 동향을 자세히 가르쳐 주었다.

가문의 이야기를 경청하던 하후양은 어느 순간 손자, 손녀인 하후흠(夏侯欽)과 하후혜(夏侯惠)가 언급되자 수염을 파르르 떨었다.

"허어, 격세지감을 금치 못하겠군. 손주들이 태어난 것도 모른 채 여기서 수십 년을 허비했으니…… 오호통재(嗚呼痛哉)로다. 자네는 그 두 아이를 본 적이 있는가?

"예, 서로 편지까지 주고받는 사이입니다. 하후흠은 당년 스물세 살로, 약관이 되던 해 사파 항검파(項劍派), 홍건회(紅巾會)와의 분쟁에서 거듭 큰 활약을 해 소패도무랑(小覇刀武郎)이란 별호를 얻었습니다. 그는 요즘 각광을 받고 있는 신진 도객 중 한 명이지요. 예전 친선 비무를 벌인 적이 있는데, 일신의 성취가 대단했습니다. 또한 하후혜도 마찬가지랍니다. 그녀는 꽃다운 스물두 살로, 허창의 금인울금향(金刃鬱金香)라 하면 하남 일대에 모르는 이가 없을 정도입니다."

"소패도무랑, 금인울금향…… 두 아이 모두 별호가 멋스럽구먼."

하후양의 입가에 맺힌 엷은 미소.

아직 그 얼굴조차 보지 못한 두 손주가 별호를 얻을 정도로 성장했다니, 할아비로서 더없이 뿌듯한 기분이었다. 하나 다른 한편으론 가문의 대소사를 타인의 입을 통해 접할 수밖에 없는 제 신세가 원망스럽기도 했다.

동방휘가 진중한 표정으로 위로의 말을 건넸다.

"어르신, 부디 희망을 잃지 마십시오. 그간 제가 상상도 할 수 없는 갖은 고초를 겪어 오셨겠지만…… 그래도 이렇듯 생존해 계시잖습니까? 모름지기 사람 일이란 목숨만 붙어 있으면 언제 어느 때고 변화할 수 있다 하였습니다."

"과연 몽의 혈손답구먼. 어려운 지경에 처해도 주눅 드는 법 없이 의기가 당당하니…… 하지만 노부는 이제 틀렸네. 이곳에 갇힌 세월이 자그마치 이십칠 년이야."

하후양의 힘없는 음성에 동방휘는 새삼 마음이 아팠다.

'휴우…… . 여느 사람들 같으면 일이 년의 옥살이도 견디기가 괴로울진대, 하물며 이십칠 년은…… .'

"노부를 굳이 이 방으로 데리고 온 저들의 의도는 명백하네. 나로 하여금 자네가 탈출할 수 있으리란 기대 따위를 일찌감치 접게 만들려는 속셈이야. 내 비참한 꼴을 보고서 좌절감을 느끼게끔 말일세."

동방휘는 조용히 고개를 끄덕거렸다.

실지 아까부터 그러한 의도를 짐작한 터였다. 아니, 일전 사스케가 자신이 보는 앞에서 서란을 맘껏 희롱했을 때 이미 그 졸렬하고 악랄한 심리전을 대충 눈치채고 있었다.

'란…… 목숨이 다하는 한이 있어도 널 결코 포기하지 않을 거야! 설사 어르신처럼 긴 시간 굴욕을 당하게 되더라도…… 너를 향한 마음은 절대 꺾이지 않아!'

굳은 다짐과 함께 이기죽거리던 사스케의 얼굴이 생각나자 가슴속 불길이 한층 거세게 타올랐다. 그럼에도 불구하고 눈빛은 차갑게 가라앉은 상태였다.

나이답지 않은 심기 관리. 이는 곧 차대 청룡동방세가 주로 지목될 정도로 출중한 일신의 자질을 대변함이었다.

"어르신께선 어쩌다가 구천혈궁으로 붙잡혀 오셨습니까?"

그러자 하후양이 반문했다.

"아니……! 자네, 이곳이 구천혈궁임을 알고 있었나?"

"혈영권왕이란 자가 강시들을 언급했을 때 비로소 깨달 았습니다. 예전 개방의 지인에게 구천혈궁과 관련한 이야 기를 전해 들었지요."

"개방의 지인이라면, 아까 말한 승궁인이란 자인가?"

"그렇습니다. 저와 함께 이곳으로 온 개방의 후개입니 다. 오랜 시간 깊이 사귀어 의형으로 섬기고 있습니다."

"개방의 후개라……. 그렇다면 무위가 남다르겠구먼."

"예. 별호는 철장신풍개로, 현 용두방주의 진전을 고스 란히 이었습니다. 단언하건대, 장차 십대무신에 필적할 무인으로 성장할 인물이라 생각합니다."

"앞서 혈영권왕이 지껄인 말은 너무 신경 쓰지 말게. 그 정도 고수라면 함부로 죽일 생각은 하지 않을 테니까. 오히려 생포하기 위해 애를 쓸 것이야. 승궁인이 여태껏 이곳에 붙잡혀 오지 않은 것으로 보아 아마도 무사히 몸 을 뺀 듯싶네. 아무쪼록 좋은 방향으로 생각하게나."

"저도 그렇게 믿고 싶습니다."

동방휘는 조금 위안이 되는 한편, 구천혈궁이 무엇 때 문에 무인들을 생포하려는 것인지 그 이유가 궁금했다. 왠지 하후양이라면 알고 있을 듯싶었다. 하지만 그의 사연을 듣는 것이 먼저라 애써 호기심을 억눌렀다.

하후양이 긴 한숨과 함께 과거 일을 털어놓기 시작했다.

"모든 일은 노부의 욕심에서 비롯되었어. 지금으로부터 이십칠 년 전…… 난 새로운 도법을 만드는 데 광적으로 심취해 있었네. 오만하게도 기존 공부에 만족하지 못한 탓이었지. 한데 그러던 어느 날, 조용한 곳에서 수련을 하고자 천중산으로 발을 들였다가 강호의 떠돌이 도인 백우도사(白羽道士)와 조우했고, 벽옥신귀도(碧玉神龜刀)에 대한 풍설을 접하게 되었다네."

"혹시 철린도존(鐵鱗刀尊)의 신물…… 말씀이십니까?"

철린도존은 약 이백 년 전, 유령검후와 더불어 강호 다섯 손가락에 꼽힌 강자로, 당시 그가 사용하던 칼이 바로 벽옥신귀도였다.

"맞아, 그것일세. 손에 쥐기만 해도 삼십 년의 공력을 얻는다는 희세의 보도(寶刀)……. 백우도사가 이르길, 그 벽옥신귀도가 신비괴림 중앙 곡지의 한 동혈에 안배되어 있다고 했네. 기실 백우도사 자신도 스승을 통해 우연히 들은 이야기라 진위가 확실치 않았는데, 그때 나는 보다 강해지는 것에 정신이 팔려 아들 완에게 긴 수련 여행을 떠난다는 간단한 편지 한 장만 남긴 채 곧바로 길을 떠났지. 물론 자네 조부인 몽에겐 편지조차 남기지 못했고."

"그래서…… 이곳에 오신 다음엔 어찌 되셨습니까?"

"처음 한두 달은 허탕만 쳤어. 눈에 띄는 것이라곤 흑옥오공(黑玉蜈蚣), 백안사(白眼蛇), 은면지주(銀面蜘蛛) 같은 독물 따위가 전부였지. 그러다가 독물 중에서도 아주 위험한 맹독성을 가졌다는 적모괴달(赤毛怪獺)이 무리지어 사는 소굴로 발을 잘못 들여 위기를 맞았는데, 설상가상 이무기인 독각혈망까지 나타났다네."

일순 동방휘의 눈동자가 급격히 커졌다.

"독각혈망! 세상에, 이곳에 정말로 이무기가 살고 있었군요! 개방이 제작한 지도에서 이무기인 독각혈망의 흔적이 발견되었다는 내용을 읽긴 했습니다만……."

"가히 압권이었어. 신비괴림의 광활한 규모에 걸맞게 독각혈망의 몸집은 매우 거대했네. 또한 인세의 무력으론 감당하기 힘든 존재였지. 하여튼 목숨이 경각을 다투던 그때, 낯선 인물이 불쑥 나타나 도움을 주었고, 덕분에 가까스로 몸을 빼게 됐는데…… 그가 바로 구천혈궁의 궁주 혈라대군(血羅大君)이었어."

궁주란 소리에 동방휘가 퍼뜩 짚이는 바가 있어 물었다.

"혈라대군이 혹시 그 왜국 출신의 무사……?"

"아아, 사스케 말이로군. 아닐세."

그러자 동방휘가 고개를 갸웃거렸다.

"이상하군요. 제가 보기엔 그 사스케란 자가 필시 우두머리 같았습니다."

"지금은 사스케가 구천혈궁의 주인이 맞네. 차례대로 이야기해 줄 터이니 일단 들어 보게나. 당시 혈라대군은 정체를 철저히 속인 채 협사 행세를 했고, 난 어리석게도 거기에 속아 신비괴림까지 오게 된 사연을 솔직히 말했어. 그러자 그는 사람 좋은 얼굴로 이곳 지리를 잘 안다며 중앙 곡지까지 안내해 주겠다고 했지. 노부로서는 딱히 마다할 이유가 없었네. 그로 인해 결국 벽옥신귀도는 구경도 못한 채 구천혈궁의 함정에 빠져 이곳으로 납치되었던 것일세."

"으음…… 일이 그렇게 되었던 것이군요."

"그때가 바로 구천혈궁이 강시 제조에 박차를 가하던 시기였지. 일반 강시는 물론이고, 무공 수위가 높은 고수의 몸을 이용해 한층 힘이 강화된 특별한 강시를 만드는 데에도 골몰 중이었어. 뇌옥에 감금된 수많은 무인들은 실험 재료나 다름 아니었네. 어떤 자는 사술 강제를 받아 강시로 화했으며, 또 어떤 자는 그렇게 제조된 강시의 힘을 점검하는 도구로 쓰였지. 노부 같은 경우는 후자였고……. 그 과정에서 수시로 저항을 해 봤지만, 그럴 때마다 독방에 갇혀 혹독한 고문을 당했네. 그러한 삶이 반복되다 보니…… 어느 날 나도 모르는 사이 고문의 두려움에 굴복한 인견이 되어 있었어."

"구천혈궁이 강시를 제조한 목적은 강호를 정복하기 위함이었습니까?"

"구천혈궁은…… 혈마맥의 화려한 부활이 목적이었다네."

"혈…… 마맥?"

"자네, 오대마맥에 대해 들어 본 적이 있는가?"

동방휘가 고개를 가로젓자 하후양이 오대마맥과 그 본존들에 대해 설명한 후 다시 말을 이었다.

"구천혈궁은 바로 그 오대마맥 가운데 하나인 혈마맥의 지맥일세. 혈마황이 잠적한 직후, 그 휘하 마인들은 천마황이 이끄는 마인들에게 죽임을 당했는데…… 그때 유일하게 살아남은 자가 후인을 양성했고, 그렇게 비밀리에 지맥을 이어 온 것이지."

"으음, 그 긴 세월을……. 정말 대단한 집념이군요."

"노부도 첨부터 모든 것을 알고 있던 것은 아니야. 그저 이곳에 갇혀 수십 년을 보내다 보니 이리저리 주워듣게 됐을 뿐. 실지 구천혈궁은 지금으로부터 일백 년 전에 한 번 멸망을 당할 뻔했다네."

"예?"

"다름 아닌 육대마가에 의해서……."

＊　　　＊　　　＊

천공이 놀란 듯 승궁인을 향해 눈을 동그랗게 떴다.

"일백 년 전 육대마가의 습격을 받았다고요?"

"음, 본 방이 육칠십 년 전쯤 새외무림 정보를 꾸준히 수집하다가 그 비사를 우연히 입수했다고 전해. 아무튼 그렇게 구천혈궁의 명맥이 끊긴 줄 알고 있었는데…… 십여 년 전, 강시 부대와의 혈전을 계기로 그들이 신비괴림 내에 잔존하고 있음을 새로이 알게 됐던 것이지."

"어머, 그럼 변방에 있던 구천혈궁 생존자들이 은밀히 중원으로 발을 들여 신비괴림에 정착한 후 다시금 강시 부대를 제조해 세력을 구축한 거예요?"

단희연의 물음에 승궁인이 고개를 주억였다.

"네, 아마도……. 일단 본 방에선 그리 판단하고 있어요."

"승 형, 육대마가가 무엇 때문에 구천혈궁을 습격했던 걸까요? 뭔가 얻고자 하는 게 있었으리라 생각되는

데……. 예를 들면 강시 제조법 같은 것 말입니다."

"글쎄, 본 방 역시 그것에 대해 아는 바가 없어. 참고로 언젠가 사부님께선 그 사건이 단순히 강시 제조법을 노린 것으로 보이진 않는다고 말씀하셨지."

그 말을 들은 천공은 불현듯 스승 일화의 전언이 생각났다.

"육대마가를 결코 천마교 아래라 여겨선 아니 된다. 그들은 몸을 웅크리고 숨죽여야 할 때와 이빨과 발톱을 세워야 할 때를 잘 헤아리는 영민한 맹수다. 계략을 꾸밈에 있어서는 천마교보다도 더 치밀할 것이니라."

상념에 잠긴 천공은 새삼 육대마가의 행보가 은근히 신경 쓰였다.

비록 일백 년 전의 사건이라지만, 그것이 왠지 육대마가가 오랜 시간 구상한 큰 그림의 일부일지도 모른다는 불길한 예감 때문이었다. 뭐라 꼬집어 말하긴 힘들었으나, 흉중을 엄습하는 느낌이 그랬다.

'육대마가의 전통과 역사는 천마교에 못지않아. 그런 그들이라면 백년대계 그 이상의 거창한 계획을 가졌다고 하더라도 이상할 일이 아니지.'

항마조 시절부터 육대마가에 대한 경각심은 항상 가지고 있었지만, 지난 갈응문 사건을 계기로 그러한 마음이 한결 더 높아졌다.

게다가 금일 육대마가와 구천혈궁 사이의 비사까지 듣고 나니 긴 세월을 격한 모종의 음모가 도사리고 있는 것은 아닐까 하는 우려마저 생겼다.

그때, 단희연이 귀머리를 쓸어 넘기며 말했다.

"당시 육대마가 입장에선 구천혈궁 자체가 눈엣가시였을 거예요. 알다시피 그 여섯 가문은 오래전부터 연맹에 가까운 관계를 유지하며 천마교의 아성을 무너뜨리기 위해 크고 작은 분쟁을 일삼았잖아요?"

천마교 하나만으로도 벅찬데 다른 마도 세력의 부흥을 용납할 수 없던 것이 아니냐는 소리였다.

승궁인이 곧바로 말을 받았다.

"하기는 천마맥과 쌍벽을 이루는 혈마맥의 지맥이 비밀리에 힘을 키우고 있음을 알게 되자 그 존재가 달갑지 않았을 테지요. 구천혈궁이 강시로 꾸린 부대를 양산한다면 나중에 새로운 경쟁자로 부상할지 모른다는 판단하에 습격을 감행했을 가능성도 충분합니다. 한데…… 단순히 세권 다툼으로 보기엔 뭔가 좀 찜찜하단 말이지요. 흠, 육대마가라서 더 그렇게 느끼는 건가?"

천공도 동의한다는 듯 고개를 끄덕거렸다.

"무려 일백 년 전의 일이라 개방이 다시금 조사를 벌인 다고 하더라도 내막을 자세히 파악하긴 힘들겠지만⋯⋯ 분명 겉으로 드러난 명분이 아닌, 보이지 않는 모종의 이 득을 위해 움직였던 것이리라 생각됩니다."

그때, 단희연이 눈에 이채를 띠며 물었다.

"천 소협, 그리고 보니 포강현에서 월영마가 소속의 마 인과 마주했잖아요?"

당시 달지극이 절강성까지 왔던 이유가 구천혈궁과 관 련 있는 게 아니었을까, 그런 의미였다.

숨은 뜻을 읽은 천공이 고개를 가로저었다.

"구천혈궁과 연관 짓긴 힘들 것 같네요. 그는 월영마가 의 배신자인 고웅을 처단하고 용도를 알 수 없는 석경을 회수하기 위해 온 것임이 틀림없어 보였습니다."

그때, 승궁인이 거무스름한 턱을 쓰다듬으며 천공에게 물었다.

"월영마가 선대의 유품인데, 그걸 고웅이 훔쳐 달아났 다고 했던가?"

"예. 말은 그렇게 했는데⋯⋯ 곧이곧대로 믿진 않았습 니다. 지금으로선 알 길이 없지요. 늙은 마귀가 그를 추적 해 죽이고는 그 이름 모를 석경까지 잘게 부숴 버렸다고 했으니까요. 승 형은 혹여 그것에 대해 짐작 가는 바가 없습니까?"

"글쎄, 아직 공부가 부족해서……. 사부님과 장로님들께선 알고 계실지도 모르지. 어쨌거나 이번 일이 무사히 끝나면 본 방의 인력을 동원해 다각도로 조사해 볼 필요가 있을 듯싶군. 천마교가 사라진 지금, 육대마가는 사실상 중원무림이 가장 경계해야 될 적이니까."

미간을 좁히던 그가 다시 목소리를 이었다.

"참, 내 저번에 말했지? 풍개잠행대를 이끌고 폐허가 된 천마교의 지하 창고를 뒤지고 있을 때 육대마가 쪽 마인들이 나타나는 바람에 서둘러 몸을 뺐다고……."

"그때 월영마가의 마인이 털어놓기를, 그곳에 보관된 열 권의 마공서를 노린 것이라고 했습니다."

"그건 거짓말이 아니었을 거야. 본 방도 마찬가지로 마공 비급들을 손에 넣는 게 목적이었거든. 아무튼 천마교가 괴멸하자마자 그토록 신속히 움직였다는 것은 오랫동안 공을 들인 어떤 계획이 있다는 뜻이지. 풍개잠행대와 똑같은 날짜에 그곳을 찾은 것만 보더라도 신강 지역에 상당한 인원을 풀어 그 동향에 촉각을 곤두세우고 있던 모양이야."

일순 단희연이 호기심 어린 눈빛을 보냈다.

"승 소협, 육대마가는 그렇다 치고, 개방에선 무슨 이유로 예의 마공서들을 필요로 했던 거죠?"

승궁인은 잠깐 생각하는 듯하더니 이내 입을 열었다.

"솔직히 밝히겠습니다. 천 아우와 소림사의 숨은 사연까지 알게 된 마당에 대외비랍시고 발뺌하는 건 도리가 아닌 것 같으니까요. 실은…… 기존의 무학과 새외 마학을 접목해 새로운 형태의 무공을 만들고, 또 그것을 익힌 무재를 육성하려는 계획을 세운 까닭입니다. 취지를 떠나서 소림사 항마조와 일맥상통하는 부분이 있지요."

"아……."

단희연이 나지막이 감탄한 찰나, 천공이 걱정스러운 투로 말했다.

"승 형, 그것은 생각처럼 결코 쉬운 작업이 아닙니다. 나 역시 항마조 시절 불문 최고의 비전 심법을 극성으로 익혔음에도 불구하고 마공의 사악한 힘에 적응하는 데 긴 시간 애를 먹었지요. 게다가 그러한 일이 자칫 밖으로 새나가게 되면 각계로부터 큰 오해를 불러일으킬 겁니다. 아무쪼록 신중에 신중을 거듭하는 것이……."

승궁인이 손짓과 함께 말꼬리를 낚아챘다.

"알아, 알아. 한데 너무 걱정하지 마. 장로회(長老會)가 적극 나서 추진한 계획이긴 해도 아직 정식으로 승인은 나지 않았으니까. 솔직히 나도 반대하는 입장이지. 뭐…… 굳이 항변을 하자면 항마조처럼 심법과 마공을 합일하는 방식이 아닌, 그 요체만 변용해 기존 무공에 가미하려는 것이기에 마심이 깃드는 일 따윈 없을 거야. 어차피 사부님께서 계획을 승인하시더라도 성패를 장담하기 힘든 일이라 언제든지 엎어질 수 있어. 게다가 시일이 얼마나 걸릴지도 예측 불가하고. 저 대단한 소림사조차 무려 이십 년이 넘게 걸렸는데, 하물며 본 방이야…….”

“그래도 천 소협의 조언을 흘려듣지는 말아요. 그는 산 증인이나 마찬가지라고요.”

단희연의 충고에 승궁인이 사람 좋은 미소로 엄지를 세워 보였다.

“하하, 그야 물론입니다. 다른 사람도 아닌 항마조 조장의 말인데.”

직후 천공이 진중한 얼굴로 당부를 건넸다.

“향후 일이 잘못된 방향으로 흐른다 싶거든 승 형이 적극 나서 그 마공서들을 폐기토록 용두방주께 아뢰길 바랍니다.”

“음, 이름을 걸고 약속하지! 그나저나 새삼 안타깝군. 만약 항마조가 건재했다면 육대마가도 지금쯤 초토화되어 사라져 버렸을 텐데……. 그럼 중원무림으로서도 큰 짐

하나를 더는 셈인데 말이야."

이에 천공이 점잖게 손사래를 쳤다.

"모를 일이지요. 여섯 마가주들 모두 일신의 무위가 십대무신과 비교해도 모자람이 없는 수준인데, 천마존의 마광파천기와 같은 비장의 수를 감춰 놓았을 수도 있지 않겠습니까?"

단희연이 고개를 끄덕거리며 말을 보탰다.

"그런 의미에서 개방이 한발 빨리 천마교 마공서들을 입수한 것은 다행한 일이라 할 수 있겠네요. 그것이 육대마가 손에 들어갔다면 여호첨익(如虎添翼:호랑이에게 날개를 달아 주다)이나 다름 아녔을 테니까요."

빙그레 웃은 승궁인이 화두를 바꿨다.

"대화가 잠깐 옆길로 샜군요. 육대마가와 관련한 이야기는 이쯤에서 접도록 하고, 구천혈궁에 대한 논의나 합시다. 이봐, 아우. 지맥의 힘을 흡수하는 건 혹시 본맥의 속성인가?"

"정황으로 보아 그런 것 같습니다."

"흠, 짐작컨대 종속(從屬)의 이치로군."

"내 마공은 구천혈궁이 가진 힘의 원류입니다. 그렇기에 저항도 하지 못하고 도리어 흡수되어 버린 것일 테지요. 그들은 본맥에서 갈려 나온 지맥에 불과하니까요. 승

형 말대로 주종(主從) 관계라 할 수 있겠지요."

"혈마맥 본존의 진전을 이은 전승자에게 지맥의 힘을 가진 자가 대항하면 혹독한 대가를 치르게끔 미리 안배해 놓은 것일지도 모르겠어. 애초에 혈마황이 자신의 지맥을 만들며 그러한 속성을 부여했던 것이지. 십중팔구 그랬다고 봐. 훗, 그게 아니라면 설명이 안 되잖아? 아우가 따로 흡성공(吸星功:타인의 공력을 빨아들이는 무공)을 익힌 것도 아닌데."

승궁인의 말이 끝나기가 무섭게 단희연이 물었다.

"천 소협, 건데 혈마황의 진전이 어째서 소림사에 보관되어 있던 거예요?"

"본 사의 창건주, 발타 선사(跋陀禪師)께서 입수하셨던 것입니다. 기록이 남아 있지 않아 그 경위는 알지 못하지만, 그 후 달마 조사께서 멸마의 대업을 강조하시어 봉마전이 세워졌고, 오랜 세월 그곳에 밀봉 보관되어 왔지요."

"혈마황의 그 마공…… 혹시 정식 명칭이 있나요?"

"혈신마라공(血神魔羅功)입니다. 책 표지에 그렇게 적혀 있었지요."

혈신마라공.

불가에서 '마라(魔羅)'는 마향(魔鄕)을 지배하는 최고의 권능자(權能者)를 뜻했다.

부처의 성도에서 가장 먼저 나오는 이야기는 항마, 즉 마를 물리치는 일인데, 거기에서 등장하는 마가 바로 흔히 마라라 칭하는 대마왕(大魔王) 파순(波旬)이다.

불문 제자가 아니라도 워낙 유명한 일화라 예나 지금이나 모르는 사람이 드물었다.

승궁인과 단희연도 예외는 아니었다.

마공의 명칭을 접한 단희연은 오싹한 기분이 들었다.

"혈신…… 마라공……. 뜻이 무시무시하네요."

천공이 보일 듯 말 듯 미소를 머금으며 답했다.

"나도 처음엔 그랬답니다. 마라는 달리 천마라 부르기도 하지요. 말인즉슨 혈마맥과 천마맥의 진전 모두 마류의 근원인 대마왕 파순의 업을 기리는 마공인 셈입니다."

승궁인이 돌연 의미심장한 눈빛을 뿜었다.

"혈마맥 본존의 명맥을 이었다는 점을 활용하면 휘를 보다 쉽게 구출할 수 있을 듯싶은데……. 아우의 생각은 어때?"

천공도 대번 감을 잡은 듯 눈동자를 마주 빛냈다.

"좋은 방법입니다. 또 솔직히 그 방법 외엔 마땅한 수도 없을 것 같고요."

그제야 의중을 간파한 단희연이 두 눈을 동그랗게

떴다.

"천 소협, 몸소 구천혈궁의 정문을 두드리겠다는 거예요? 그건 너무 위험하지 않아요?"

"앞서 괴상한 손톱을 가진 요녀가 죽기 전에 내게 물었잖아요. 혈마맥의 옛 영광을 화려히 부활시키는 게 목적이 아니냐고. 구천혈궁의 목적이 혈마맥의 부흥이라면 필시 나의 방문을 두 팔 벌려 환영할 겁니다. 본존의 진전을 이었으니 자신들의 영도자로 받들 가능성도 있고요. 감히 날 죽일 생각은 하지 못할 겁니다. 물론 본맥의 명맥을 이었음을 증명하는 과정에서 몇 번의 싸움을 피하긴 힘들겠지만……."

단희연은 썩 내키지 않았으나 구천혈궁과 맞서 싸우기엔 인원이 턱없이 부족한 상황이라 어쩔 수 없이 그에 동조했다.

승궁인이 이내 팔짱을 끼며 고민스러운 표정을 지었다.

"문제는 구천혈궁의 정확한 위치인데 말이지. 과거 본방이 급습했던 구천혈궁의 터는 지금 수풀만 무성히 자랐을 뿐이야. 애당초 그곳은 본거지가 아니었어."

"승 형, 그건 걱정할 필요 없습니다. 광진 스님이 계시잖습니까."

"아아, 그렇군. 이틀 후 호연곡에서 만나기로 약속했지?"

"예. 광진 스님께선 밀종 법술의 추적령 주문을 사용하면 도침이 숨은 곳을 능히 찾아낼 수 있다고 하셨습니다. 일련의 상황으로 짐작컨대, 도침은 현재 구천혈궁 내에 머물고 있음이 분명합니다."

"흠, 그럼 나머지 일은 광진 스님을 뵌 다음에 상의하는 게 좋겠군. 저녁때가 다 됐으니 일단 배부터 채우자고."

승궁인은 그 말과 함께 봇짐을 뒤져 육포를 나눠 주며 나지막하게 투덜거렸다.

"쳇, 아쉽군. 휘의 보따리 속에 먹을 게 잔뜩 들어 있었는데……. 내가 가진 것으론 닷새도 못 버티겠어."

"승 형, 그럼 내 짐도 구천혈궁 때문에 잃어버렸습니까?"

"이거, 미안하군. 그것도 휘가 가지고 있었어."

그렇게 뒤통수를 긁적이던 승궁인이 기감을 돋워 석양이 깔린 숲 주변을 조용히 돌아보았다.

혹여 수상한 인기척이 있나 없나 살피는 것이었다.

단희연이 대뜸 냉랭한 얼굴로 말했다.

"왜요? 혹여 고환을 깨물 독물이라도 있을까 봐요?"

오전의 일에 대해 아직 앙금이 남아 있는 모양이었다.

영문을 모르는 천공은 그녀가 다짜고짜 고환을 언급하

자 당황한 눈치였다.

단희연이 도리어 당황해 더듬더듬 변명했다.

"우, 웃자고 한 소리예요. 내, 내가 원래 당돌한 면이 좀 있잖아요."

"푸우읍!"

반달눈을 한 승궁인이 나지막이 웃음을 뿜자 단희연이 새하얗게 눈을 흘겼다.

'치잇……! 이게 무슨 개망신이람.'

천공은 그러려니 하고 웃어넘겼다. 그러다가 갑자기 손을 뻗어 그녀의 맥문을 살며시 잡았다.

약간의 시간이 흐른 후, 천공이 손을 떼며 감탄했다.

"앞서 운기조식을 꽤 오래 행했음에도 불구하고 하단전이 아직 꽉 차지 않았군요."

단희연이 보일 듯 말 듯한 미소로 어깨를 으쓱거렸다.

"나도 내심 놀랐어요. 예전 같았으면 하단전을 벌써 다 채우고도 남았을 텐데……."

돌연 승궁인이 짐짓 두 눈을 부라렸다.

"너 말이야, 불자 출신 주제에 여자 몸을 너무 쉽게 만져. 가만, 가만! 혹시 내가 모르는 사이 둘이 그렇고 그런 일을 저지른 것 아냐? 난 여태껏 단 소저 젖꼭지도 구경 못해 봤는데……."

단희연의 검이 불을 뿜었다.

"이 변태 거지!"

*   *   *

하후양을 통해 비로소 육대마가와 구천혈궁 사이의 비사를 알게 된 동방휘가 고개를 끄덕거리며 말했다.

"……그래서 새외 지역을 벗어나 신비괴림으로 숨어든 것이로군요."

"구천혈궁 입장에선 멸망한 척 육대마가의 눈을 속여 은신하기엔 더없이 좋은 장소였으니까. 그리고 설령 육대마가에서 눈치를 챈다 하더라도 대륙의 동쪽 끝자락에 위치한 터라 함부로 쳐들어오기 힘들 것이란 계산까지 했겠지."

"신비괴림은 예로부터 온갖 전설 같은 풍문이 난무하는 곳이기에 무인들이 실종되어도 달리 의심을 사지 않으리란 점 또한 매력적인 요소였겠지요."

"음, 그뿐만이 아닐세. 자네도 잘 알겠지만, 이 대원시림 내에는 천험한 자연의 힘에 의해 절진이 형성된 곳이 여러 군데 존재하잖은가."

"특히 북쪽과 남쪽에 도사린 천연의 결계는 변화무쌍하

며, 또 작용하는 범위가 매우 넓다고 알고 있습니다."

"맞네. 구천혈궁은 그러한 천연의 결계를 방패 삼아 옛 성터를 개조하여 구천혈궁을 다시금 일으켜 세운 것이라네. 실체를 숨긴 채 조용히 힘을 키우기에 이보다 좋은 곳이 또 어디 있겠나."

"휴…… 운 좋게 구천혈궁 밖으로 탈출한다고 하더라도 길을 잃기 십상이겠습니다."

"천연의 결계는 발을 들이기는 쉬워도 도로 빠져나가기는 매우 어려워. 일련의 지세가 사납고 복잡한 것은 물론이요, 인공적인 결계와 달리 출구라 할 수 있는 생문의 위치가 수시로 뒤바뀌기 때문이지. 게다가 구천혈궁은 천연의 결계로도 모자라 반오행쇄문진마저 펼쳐 놓았어."

하후양은 반오행쇄문진이 오행(五行)의 묘리를 비틀어 만든 결계라 설명했다. 즉, 오행의 속성을 무질서하게 꼬아 흡사 미로처럼 생문의 위치를 파악할 수 없게 만드는 진으로, 예를 들어 목(木)은 동(東)이고 금(金)은 서(西)인데, 그 이치대로 길을 밟아 나가면 되레 출문이 아닌 쇄문과 직면하게 된다는 역변의 진이었다.

"구천혈궁을 비롯한 주변 숲 자체가 하나의 거대한 뇌옥이나 다름 아니군요."

"그렇지. 발버둥 치면 칠수록 거미줄처럼 옭매는……."

동방휘는 살며시 눈살을 찌푸렸다. 다시금 승궁인의 안위가 걱정이 된 까닭이었다.

'적의 추격을 무사히 뿌리쳤다고 해도…… 반오행쇄문진의 방해를 받는다면 숲을 벗어나기 힘들 거야. 난감하구나. 승 형이 외부에 도움을 요청하지 않는 이상 구천혈궁을 탈출하기란 요원한 일인데…….'

호흡지간 천공과 단희연의 얼굴이 뇌리를 스쳐 지나갔다.

'흐음, 자못 아쉬운걸. 그 두 사람이라도 곁에 있다면……. 아! 승 형이 혹시 그들을 찾아 나선 건 아닐까?'

그럴 가능성도 충분하다고 여겼다. 당장 도움의 손길을 줄 수 있는 건 천공과 단희연뿐이므로. 그러한 생각은 이내 확신으로 바뀌었다.

'그래! 천공의 목적지가 북서쪽 절곡의 흑운동이란 것을 알고 있으니 분명히 그쪽으로 발길을 돌렸을 거야! 그 성격상 어떻게든 날 구하려고…….'

동방휘 자신이 승궁인 입장이라도 의당 그랬을 것이다.

'백지장도 맞들면 낫다고, 지금으로선 그것이 유일한 희망이다.'

동방휘는 부디 승궁인이 그 두 사람을 찾아 방도를 모색하길 바랐다.

다른 한편으론 본 가에 아무런 말도 하지 않고 길을 떠나온 게 자못 후회스러웠다. 하다못해 휘하 검대라도 데리고 왔다면 이렇듯 뇌옥에 갇히는 봉변은 피할 수 있었을 텐데.

"어르신, 구천혈궁의 영역은 어느 정도입니까? 설마 북쪽까지 그들 손아귀에 있는 것은 아니지요?"

"북쪽은 신비괴림 최고의 험지로, 사람의 발길 자체를 거부하는 곳일세. 천연의 결계 또한 매우 강력하지. 혈라대군도 과거 그곳을 탐사하려 했다가 실패를 거듭해 포기하고 말았을 정도로……."

"그것참 다행이군요."

"다행이라니?"

"아, 다름이 아니라 승 형이 아마 북쪽으로 향했을 것 같아서……. 구천혈궁이 위치한 이곳은 남쪽에 해당하지요?"

"그러하네. 실지 남쪽 대부분이 구천혈궁의 지배하에 있지. 그리고 동혈이 밀집된 중앙의 곡지도 일부 손에 넣었고. 구천혈궁은 그곳의 동혈들 중 일부를 개조해 은밀한 함정을 설치해 두었네. 노부처럼 기연을 얻고자 발을 들인 무인들을 납치하기 위해서."

순간, 동방휘의 눈동자가 이채를 발했다.

'예전 서란이 얻었다는 천독왕의 안배도 결국 구천혈궁의 함정이었을 공산이 크구나.'

그러다가 하후양을 향해 물었다.

"구천혈궁이 십여 년 전에 개방을 상대로 도발했던 것은 혈라대군의 결정이었지요? 혹시 그때가 혈마맥을 부활시키기에 적기라고 판단한 것이었습니까?"

"아닐세. 다소 우발적인 결정이었네. 강시 부대가 중원세력을 상대로 어느 정도의 위력을 발휘하는지를 확인해보고 싶었을 뿐이야. 그래서 강화된 강시는 최대한 아껴둔 채 일반 강시를 대다수 동원했던 것이고…… 개방은 인원수가 가장 방대한 세력이니 강시 부대의 힘을 시험하기엔 더없이 좋은 대상이었지."

"정말 사악하군요. 사람의 시신을 야욕의 도구로 만든 것도 모자라 장기 말처럼 쓰고 버리다니……"

"그러니 마도라 부르는 것 아니겠나. 하여튼 당시 혈라대군은 나름대로 소기의 성과를 거두었다고 만족해했네. 한데 개방이 신비괴림까지 추적해 와 전진기지를 급습해 무너뜨려 버리자 구천혈궁 내부에 파벌이 일기 시작했어."

뜻밖의 소리에 동방휘의 동공이 커졌다.

"예? 파벌이라니요?"

"혈라대군의 뜻을 따르는 무리와 그에 반대하는 무리의 파벌이었지. 정확히 말하면, 강시 제조에 거부감을 가진 무리가 대놓고 이의를 제기한 것이었네. 내가 보건대, 예의 파벌은 오래전부터 존재해 오다가 그 사건을 기점으로 심화되었음이 분명해."

"양심적인 이들이 없진 않았군요. 다시 봤습니다."

"혈라대군 휘하엔 구천혈궁을 지탱하는 핵심 고수인 혈심육왕(血心六王)이 있는데, 그들 사이에 의견 충돌이 일며 갈등이 점점 커졌네. 어느 세력이든 간에 수뇌부의 분열은 대립적인 계파를 만들기 마련이지."

"아까 본 혈영권왕도 혈심육왕 중 한 명입니까?"

하후양이 산발한 머리를 주억거렸다.

"혈영권왕은 강시 제조만이 살길이라 주장하는 강경파일세. 육왕 가운데 그를 포함한 네 명이 그 뜻을 함께하고 있네. 그리고 사람의 시신을 이용하는 것에 반대하는 일종의 온건파는 나머지 두 명이고."

동방휘는 선뜻 이해가 가지 않았다.

"혈라대군은 무슨 이유로 자신을 반대하는 무리를 가만히 둔 것입니까? 숙청을 단행할 법도 한데 말입니다."

"혈마맥 부활이라는 공통의 목표 때문이지."

"아……."

"구천혈궁의 진전은 도합 여섯 가지로, 혈심육왕은 그 여섯 가지를 각기 하나씩 익힌 마인들일세."

"하오면 궁주인 혈라대군은⋯⋯?"

"그는 전대 혈심육왕 출신이야. 자신을 제외한 나머지 다섯 명이 차례로 후계자를 결정하고 사멸하자 자연스레 궁주의 자리에 오른 게지. 그것이 구천혈궁의 전통이네."

"이제야 알겠습니다. 어쨌든 뜻에 반하는 두 사람이 지맥의 절기를 계승했으니 함부로 죽여 그 명맥이 끊기게 만들 수는 없던 것이로군요."

"바로 그렇지. 그것이 반대파인 두 사람이 여태껏 일부러 제자를 두지 않은 이유일세. 후인을 결정해 자신들 진전을 잇게 만드는 순간 곧바로 숙청당하리란 것을 잘 아니까."

"어르신, 그렇다면 사스케란 왜인의 정체는⋯⋯?"

"그렇게 궁 내 파벌이 심화되고 있을 때, 사스케가 홀연 이곳에 나타났어. 그때가 아마 칠 년 전의 팔월 무렵이었을 거야."

"역시 예상대로 구천혈궁 출신이 아니군요."

"사스케가 말하기를, 자신은 유명한 해적으로 태풍을 만나 배가 난파되어 수하 전부를 잃고 표류하다가 신비괴림 동쪽 해안에 당도했는데, 인가를 찾아 숲을 뒤지던 중

천연의 결계에 빠져 그만 길을 잃었다고 했어. 그러다가 우연히 구천혈궁을 발견한 것이었네."

"불청객인 그가 어떻게 이곳의 주인이 된 것이지요?"

"혈라대군은 늘 그래 왔듯 사스케를 실험 재료로 삼으려고 했어. 그렇지만 사스케는 녹록한 인물이 아니었네. 그는 놀랍게도 심혼을 홀려 복종하게 만드는 힘을 발휘하는 기보를 가지고 있었지. 그 기보란 바로……."

"뭔지 알겠습니다! 작은 문자가 무수히 음각된 은종이지요?"

말꼬리를 자른 동방휘의 물음에 하후양이 고개를 주억거렸다.

"벌써 보았구먼."

"예. 은종을 흔들자 그 소리를 들은 사람의 태도가 완전히 돌변해 버리더군요. 아니, 인격 자체가 바뀐 듯했습니다."

"그것이 은종의 힘일세. 사스케는 그 은종을 이용해 수뇌부를 장악했고, 곧바로 혈라대군을 죽여 버렸지. 그때부터 구천혈궁은 그의 소유물이 되었다네."

"으음, 설마하니 은종 따위가 사람의 마음을 조종할 줄은 몰랐습니다. 그럼 이곳에 있는 사람들 전부 그것에 의해 지배를 당하고 있는 것입니까?"

"심성이 바른 보통 사람은 해당되지 않네. 은종의 소리를 듣더라도 아무런 영향이 없지."

그렇다면 반대로 살심, 악심, 색심 따위와 같은 사념(邪念)을 강하게 품은 자들은 은종의 소리를 들으면 노예처럼 종속된다는 뜻이 아닌가.

동방휘는 그제야 서란이 은종의 힘에 이끌린 이유를 깨달을 수 있었다.

'그렇구나! 우리 가문에 대한 증오심……. 란이 그렇게 된 것도 바로 그러한 마음 때문이었어!'

심장 한쪽이 저릿하게 아파 왔다.

사랑하는 여인을 지켜 주지 못했다는 괴로움.

세상 무엇보다 소중한 사람을 타락의 길로 빠지게 만든 것이 자신 때문이라는 생각에 미안함과 비통함이 가슴에 사무쳤다.

하후양이 갑자기 바닥에 있던 고깃덩이를 집어 들었다. 그는 겉에 묻은 흙을 털고 한입 베어 물며 씁쓸한 목소리를 흘렸다.

"자존심 따윈 이미 버렸네. 생존을 위해 어쩔 수 없이……."

상념에서 깬 동방휘가 얼른 머리를 가로저었다.

"너무 민망스럽게 생각하실 필요 없습니다. 제가 만약

어르신 입장이라도 다르지 않았을 겁니다."

"혀를 깨물고 죽을까 고민한 적도 있었네만…… 차마 그러지는 못했지. 스스로 목숨을 끊는다는 건 어지간한 용기가 없인 시도하기 힘든 일이더군."

"그럼요. 말처럼 쉬운 일이 아니지요."

동방휘는 무거운 낯빛으로 답한 후 물었다.

"그건 그렇고…… 은종의 힘에 영향을 받지 않은 자들은 아무런 저항도 없었습니까?"

"수뇌부에 의해 그 행로가 갈렸네. 혈심육왕 중 혈라대군을 따르던 네 명은 심성이 보통 이상으로 사악해 은종의 힘에 이끌려 사스케의 수하가 되었지만, 다른 두 명은 항명을 표한 후 지지자들을 이끌고 이곳을 나가 버렸다네. 사스케의 등장으로 말미암아 예의 파벌이 또 다른 형태로 발전한 것이었지."

"은종에 종속되지 않은 상태로 이곳에 남은 자들은 사스케의 수하가 된 사인(四人)의 왕을 지지하는 무리로군요. 그럼 밖으로 나간 무리는 어떻게 됐습니까?"

"글쎄, 종적을 감춘 채 활동한다는 말을 듣긴 했는데……. 아마 이곳 어딘가에 은밀한 둥지를 치고 있겠지."

"어쨌든 그들도 혈마맥의 부활이 주목적이라 경내를 벗

어나진 않은 모양이군요. 조금 아쉽네요. 서로 큰 분쟁이 생긴다면 탈출할 기회를 엿볼 수도 있을 텐데요."

동방휘의 말에 하후양이 씁쓸한 미소를 그렸다.

"노부도 내심 그러길 바랐지. 하나 지난 몇 년 동안 아무런 일도 일어나지 않았어. 참, 그리고……."

그런 하후양의 시선이 쇠사슬로 향했다.

"그 쇠사슬을 끊지 못하는 한 탈출은 꿈꿀 수도 없다네."

"안 그래도 내내 궁금했습니다. 도대체 무엇으로 만든 쇠사슬이기에 내공의 발경을 봉인하는 것인지……."

"공마괴철(空魔怪鐵)라는 광물로 만들어진 쇠사슬이네. 희한하게도 마공을 익힌 자에겐 영향을 미치지 않으나 우리처럼 정도의 기공을 연마한 무인은 공마괴철에 의해 운기를 봉쇄당하지. 강시와 더불어 구천혈궁이 가진 비장의 무기일세."

"신체에 닿으면 그 괴이한 묘용이 발휘되는 것입니까?"

"맞아. 공마괴철은 생전의 혈라대군이 우연히 발견한 광물인데, 다행스러운 점은 광갱(鑛坑)을 통해 캐내는 양이 그리 많지 않다는 것이지."

"당연히 병기로도 만들었겠지요?"

"과거엔 그랬는데, 몇 해 전 사스케의 명으로 그 병기

들을 전부 녹여 어마어마한 크기의 칼 한 자루를 만드는
데 쓰여 버렸다네."

"아니, 왜……?"

"그 칼을 이용해 이무기인 독각혈망의 머리를 베려는
것일세. 현재 사스케는 보다 강해지기 위해 독각혈망을
죽여 그 내단을 취하려고 준비 중이라네."

동방휘의 낯빛이 경악으로 물들었다.

"아니, 이무기의 내단을……! 그, 그게 실현 가능합니
까?"

"어떤 확신이 있으니 일을 추진한 것이겠지. 만에 하나
사스케가 그 내단을 취하게 된다면…… 실로 가공할 초고
수가 될 것이야."

잠시간 정적이 감돌고…….

힘없이 고개를 숙인 채 고기를 질겅거리던 하후양이 문
뜩 말했다.

"허어, 그러고 보니 내 이야기에 정신이 팔려 자네가
이곳에 온 이유도 묻지 않았구먼."

그러자 동방휘가 희미한 미소를 보냈다.

"제 실수로 잃어버린 약혼녀를 찾기 위해 이곳으로 온
것입니다. 그녀는 지금…… 사스케에 의해 노예가 되어
있지요."

"으음, 저런…… 끌끌."

"어르신처럼 어떻게든 살아남아 반드시 그녀를 구출할 겁니다. 그 어떤 험한 꼴을 당하더라도……."

하후양은 그런 동방휘가 대견하다는 듯 손을 붙잡고 격려했다.

"왠지 모르겠지만…… 자네라면 해낼 수 있으리라는 예감이 드는구먼."

18장.
조력자(助力者)들

신비괴림 동남쪽에 위치한 호연곡.

　사시(巳時:오전 9시—11시)로 막 접어든 때, 천공 일행은 약속대로 광진과 만나 눈에 띄지 않는 후미진 곳에 자리를 잡은 후 이런저런 이야기를 나눴다.

　그렇게 구천혈궁을 주제로 대화가 한껏 무르익었을 때, 광진이 문득 놀란 소리를 발했다.

　"무어라? 구천혈궁과 정면으로 맞부딪치겠다고?"

　천공이 단호한 눈빛과 표정으로 말을 받았다.

　"예. 광진 스님께서 위치까지 확인해 주셨으니 꾸물거리지 말고 바로 움직이는 게 좋겠습니다."

"흐음…… 자신은 있나?"

"물론이지요. 일련의 싸움으로 말미암아 확신을 가졌습니다. 지맥의 힘은 결코 내게 위협이 될 수 없음을 말입니다."

광진도 일전 그가 혈정강시들을 무찌르고 힘을 흡수해 공력 증강을 이루는 장면을 보았기에 수긍이 갔다. 하지만 적이 득실대는 본진에 홀로 뛰어든다는 것이 못내 마음에 걸렸다.

"조금 더 고민을 해 봄이 어떤가? 혹 변수가 있을 수도 있으니 말이네."

"지맥의 변수라고 해 봐야 특별할 것은 없을 겁니다. 본존의 명맥을 이었음을 증명한 후 수뇌부만 장악해 버리면 의외로 쉽게 끝날 수도 있다고 봅니다. 일단은 휘를 구출하고 업화신검을 되찾는 것이 최우선이지요."

그러자 광진이 허리에 걸린 두루주머니에서 붉은 부적을 꺼내 천공에게 건넸다.

"자, 받게. 나와 연락이 가능한 부적이네. 사용 방법을 가르쳐 줄 테니, 적진 안으로 들거든 이 부적을 통해 기별을 주게. 그럼 우리가 바깥에서 호응하도록 하지."

"광진 스님, 이런 말씀 드리면 어떨지 모르겠지만…… 제가 도침을 대신 처리해도 괜찮습니까?"

천공의 조심스러운 물음에 광진은 흔쾌히 승낙했다.

"물론이네. 난 그저 업화신검만 되찾으면 될 일이야. 그에 대한 개인적인 원한은 별개의 일이라네."

"알겠습니다. 구천혈궁에 드는 즉시 도침의 일부터 정리해 업화신검을 밖으로 몰래 빼돌리겠습니다. 그러면 광진 스님께서는 즉각 본토로 돌아가십시오."

"아니, 그럴 순 없네. 날 도리도 모르는 중으로 만들 심산인가? 동방휘가 무사히 구출되는 것까지 본 다음 이곳을 떠날 것이야."

광진의 뜻은 확고했다. 그에 천공도 별다른 이견을 표하지 않았다.

그때, 잠자코 있던 단희연이 대뜸 나섰다.

"도저히 불안해서 안 되겠어요. 나도 같이 갈래요."

그러자 천공의 입에서 뜻밖의 소리가 튀어나왔다.

"안 그래도 대동하고 갈 생각이었습니다."

"에⋯⋯?"

그녀가 눈을 휘둥그레 뜨자 천공이 어깨를 으쓱거렸다.

"약속했으니까요. 목표를 이를 때까지 함께하기로⋯⋯."

"천 소협⋯⋯."

"아무튼 이번엔 괜한 함정 따위에 빠져 걱정 끼치는 일

이 없도록 주의할 테니, 소저도 부디 내 옆을 꼭 지켜 줘
요."

단희연이 칼자루를 톡톡 두드리며 호기롭게 말했다.

"네, 알았어요. 확실하게 호위무사 노릇을 해 줄게요.
믿어 봐요."

두 사람은 눈빛을 교환하며 보일 듯 말 듯 미소를 머금
었다.

승궁인이 그런 둘을 보며 고개를 절레절레 흔들었다.

"허, 누가 보면 시정잡배를 상대하러 가는 줄 알겠네.
둘 다 참 겁도 없다니까."

                    *   *   *

을야(乙夜:지금의 밤 10시 경) 무렵, 사스케는 궁의 북
문(北門)을 열고 바깥으로 향했다. 그렇게 달빛에 의지해
예순 걸음 정도를 나아가 멈춰 서자 아래로 길게 뻗은 가
파른 절벽이 그의 시야에 담겨 들었다.

대략 오십여 장의 높이.

까마득한 그 밑엔 월색에 뻔뜩 빛나는 강물이 시원스레
굽이쳐 흐르고 있었다.

사스케는 뒷짐을 지고서 하늘을 올려다보았다. 그런 그

의 심유한 눈동자 위로 의미를 할 수 없는 한 줄기 이채가 언뜻 비껴갔다.

그때, 수풀을 지르밟는 소리가 나지막이 들리나 싶더니 그의 등 뒤로 도침이 다가와 섰다.

"야심한 시각인데 무슨 일로 호출했소, 사스케 공?"

이윽고 신형을 돌려 세운 사스케가 무미건조한 목소리로 물었다.

"어떻소, 그럭저럭 지낼 만하오?"

그러자 도침의 얼굴에 음탕한 웃음이 걸렸다.

"우후훗, 그럭저럭 정도가 아니오. 극락이 따로 없소. 조금 전까지도 계집 둘을 양쪽에 끼고 맘껏 즐겼다오. 아무튼 이곳에 머물다 보니 새삼 불자로 지내던 세월이 억울하게 느껴지더이다."

돌연 희미한 풍성이 일며 방립을 눌러쓴 혈영권왕이 그들의 지척에 나타났다.

혈영권왕은 정중한 자세로 사스케를 향해 예를 표한 후 도침을 보며 입꼬리를 씰룩 올렸다.

"크큭, 중이 고기 맛을 알면 법당에 빈대도 안 남는다더니…… 꼭 그 짝이군."

도침의 낯빛이 딱딱하게 굳었다.

"혈영권왕! 말이 지나치다!"

발끈한 외침에 혈영권왕은 싸늘한 안광을 흘리며 손을 가볍게 흔들었다.

도침은 흠칫 좌우를 살피며 주먹을 꽉 쥐었다.

소의(素衣)를 걸친 장한 열 명이 소리 없이 등장해 자신을 포위하듯 원진(圓陣)을 이루고 선 까닭이다.

장한들의 정체는 바로 혈영권왕이 거느리고 있는 혈정 강시들.

'이게 대체······.'

도침은 본능적으로 심상치 않은 분위기를 직감했다. 뇌리를 엄습한 불길한 느낌이 그렇게 경고를 보내고 있었다.

사스케가 뒷짐을 진 채로 걸음을 떼 한옆으로 옮겨 서며 냉랭한 목소리를 흘렸다.

"강시가 무서운 이유 중 하나가 바로 이것이지. 생의 기운이 없기 때문에 기척을 감지하기 힘들다는 점······. 특히 혈정강시는 더더욱 그렇지."

혈영권왕이 곧장 말을 보탰다.

"바보가 아닌 이상······ 지금 이 상황이 어떤 상황인지 직감했을 터. 아무쪼록 극락왕생을 빌어 주마."

"닥쳐라!"

일갈한 도침은 더 생각할 것도 없이 하단전의 내공을 한껏 이끌어 냈다. 그에 법복이 마구 펄럭거리며 어지러이 춤을 췄다.

"사스케, 갑자기 내게 왜 이러는 것이냐! 어렵사리 업화신검까지 훔쳐 건넸거늘!"

"멍청한……. 그 업화신검 때문이다."

"뭣?"

"가공할 화력을 지닌 신검이라 그런지, 궁 내 야장(冶匠:대장장이)들이 아무리 용을 써도 도무지 녹일 수가 없다더군."

"그래서! 그게 내 탓이라는 거냐!"

"업화신검이 쓸모없게 됐으니…… 그것을 가지고 온 너도 마찬가지로 무용(無用)한 존재가 되었다는 뜻이지. 이제 와서 밝히지만, 난 애초에 널 일본으로 실어 보낼 배따윈 부른 적이 없다."

"크윽…… 이 간악한 왜놈!"

분노한 도침이 손속을 전개할 태세를 취하자 혈영권왕이 기다렸다는 듯 전신으로 붉은 마기를 무럭무럭 피워 올렸다.

쿠구구구구—

가볍게 진동하는 지면.

두 주먹에 뭉친 시뻘건 기파와 더불어 농후한 살기가 공기 중으로 번져 나왔다.

"사스케 님께서 망국의 더러운 승려 따위를 보살펴 주시리라 여겼더냐? 꼴사납게 용쓰지 말고 예서 곱게 뒈지거라!"

그렇게 혈영권왕과 혈정강시들이 움직이려는 찰나, 사스케가 품에서 은종을 꺼내 흔들었다.

따라라라랑.

어둠을 뚫고 메아리치는 경쾌한 음향에 혈영권왕은 즉각 마기를 갈무리했고, 도침은 괴로운 듯 이마로 핏대를 세우며 이를 으물었다.

"크으윽…… 그깟 종 따위에…… 굴복할 수는……."

일순 사스케의 입가에 비릿한 조소가 맺혔다.

"후훗, 과연 고려 항마군 출신답구나. 단번에 조종당하지 않다니……. 하나 은종의 권능으로부터 벗어나기엔 네 흉중에 타락한 색심이 너무 깊이 자리 잡았다."

말이 끝나기가 무섭게 은종이 재차 음향을 토했다.

따라랑, 따라랑.

도침은 신형을 부들부들 떨다가 곧 눈빛이 흐려지더니 은종의 힘에 굴한 듯 무표정한 얼굴로 사스케를 응시했다. 마치 명을 기다리는 노예처럼.

"자, 네 힘이 어느 정도인지 증명해 보여라. 마지막 기회이니라."

"명을…… 받듭니다."

도침이 공력을 극성으로 끌어 올리자 법복이 팽팽하게 부풀었다.

사스케가 조용히 턱짓을 보낸 순간, 혈영권왕과 혈정강시가 일제히 도침을 노리고 쇄도해 들었다.

싸움을 길게 가지 않았다.

도침의 무력이 결코 약한 수준이 아니나 그들 전부를 감당하기엔 역부족이었다.

결국 온몸에 상처를 입고 피투성이가 된 도침은 외마디 신음을 흘리며 목숨이 끊겼다.

사스케는 차가운 눈빛을 가라앉히며 낮게 말했다.

"치워라."

"사스케 님, 이참에 놈의 시신을 혈정강시로 만드는 것이 어떻겠습니까?"

혈영권왕의 물음에 사스케가 고개를 가로저었다.

"훌륭한 재료들이 추가로 도착할 터인데 도침 따위에 미련을 가질 필요가 있겠느냐?"

"알겠습니다."

혈영권왕은 즉각 허공섭물로 도침의 시신을 띄워 올리더니 절벽 아래로 떨어트려 버렸다.

사스케가 은종을 도로 품에 넣으며 물었다.

"칼은 언제쯤 완성될 것 같으냐?"

"야장들 말로는 이틀 정도면 완성될 것이라 했습니다."

"긴 기다림 끝에 드디어 독각혈망의 내단을 손에 넣을 수 있겠구나."

"예, 그리된다면 본 궁으로서도 큰 축복입니다. 사스케 님께서 강해시지는 만큼 본 궁의 저력도 한층 커질 테니까요."

"혈영권왕, 때가 임박했다. 앞으로 본 궁은 절강 지역을 기점으로 화려한 비상을 시작하게 될 것이야. 또한…… 그대들의 숙원인 혈마맥의 부활도 반드시 이뤄 주리라."

혈영권왕의 눈동자 위로 희열의 빛이 떠올랐다.

"사스케 님과 함께라면 옛 영광을 되찾는 것도 시간문제일 것입니다. 앞으로도 몸과 마음을 바쳐 충성하겠습니다."

흡족한 미소를 흘리던 사스케가 돌연 낯빛을 바꾸며 물었다.

"한데…… 사마서는 왜 수일이 지나도록 아무런 기별이 없는 것이냐?"

그러자 혈영권왕이 두 손을 모아 대답했다.

"예상보다 시일이 좀 걸리는 듯하지만, 걱정하실 필요

없습니다. 다른 사람도 아닌 혈조여왕이 그리로 가 있는
상태이니까요."

"칼이 완성되면 그날로 독각혈망 사냥을 위해 길을 떠
날 것이다. 그사이 궁의 일을 네게 일임해도 아무런 문제
없겠느냐?"

"예, 맡겨만 주십시오."

고개를 끄덕인 사스케는 북문 쪽으로 걸음을 옮기며 낮
게 중얼거렸다.

"간만에 새로운 계집을 맛보나 했더니……. 오늘도 서
란을 품으며 음심을 달래야겠군. 훗."

*   *   *

나흘 후, 비가 부슬부슬 내리는 정오 시각.

천공 일행은 강가의 커다란 바위에 몸을 숨기고 앉은
채 병풍처럼 사방에 펼쳐진 기암절벽들을 눈에 담았다.

광진이 금강저 끝으로 저 멀리에 유난히 우뚝 솟은 절
벽 하나를 가리켰다.

"저곳이 바로 구천혈궁이 위치한 절벽이네."

아니나 다를까, 그 위쪽 평지에 웅장한 건물들이 솟아
있는 것이 어렴풋이 보였다.

승궁인이 돌연 천공의 어깨에 손을 얹으며 당부했다.

"이봐, 공. 무사히 수뇌부를 장악하거든…… 절대 무리해서 그들을 멸하려고 하지 마. 인륜을 저버린 그 무리를 용서하기 힘들겠지만, 휘를 구출하고 업화신검을 찾는 데에 우선적으로 집중토록 해. 넌 이제 혼자가 아니야. 그 뒷일은 나와 상의해 결정해도 늦지 않아."

자신이 개방의 힘을 동원해 그들을 처리하게끔 일을 진행할 수도 있다는 뜻이었다.

"명심하지요, 승 형."

대답한 천공이 빙그레 미소를 그렸다. 이젠 승 형이란 호칭이 어색하지 않은 모양이었다.

승궁인은 자신이 말해 놓고도 조금 쑥스러웠는지 뒤통수를 긁적이다가 변명하듯 말했다.

"웃기는……. 네가 걱정되어 한 소리가 아냐. 단 소저 때문이라고. 어험, 험."

바로 그때, 더없이 은밀한 기척이 일행의 날선 육감을 슥 건드려 왔다.

"가깝네."

광진의 짧은 속삭임에 천공 등은 즉각 자리에서 일어나 전신의 감각을 활짝 열었다. 그런 그들의 눈길이 강변 가까이에 있는 무성한 숲으로 향했다.

이내 전방의 무성한 나뭇가지들이 가볍게 흔들리나 싶더니, 한 인영이 날렵한 운신으로 그 사이를 뚫고 등장해 똑바로 쇄도해 들었다.

파파파파파파—

갈지자의 신쾌한 보법을 펼치는 호리호리한 신형.

그 인영의 정체는 붉은 경장에 장미꽃 같은 적발(赤髮)을 가진 삼십 대 여인이었다.

눈 깜빡할 새 간극을 빠르게 압축한 적발여인은 십 보 거리에서 들입다 팔을 휘돌려 암기를 뿌렸다.

쐐애액, 쐐애애액, 쐐액!

십여 개의 예리한 비수(匕首)가 비바람을 갈랐다.

일행은 저마다 손속을 놀려 암기의 공세를 방어했다.

키기기깅, 키기기기깅—!

그렇게 따가운 금속성이 연속적으로 터진 직후, 적발여인이 창졸간에 거리를 격해 천공의 좌측을 노렸다.

'웃, 쾌속하다!'

천공은 생각과 동시에 허리를 비틀며 주먹을 쥔 팔을 횡으로 강하게 휘둘렀다. 그 기민한 대응에 움찔 놀란 적발여인은 잽싸게 몸을 뒤로 빼 새처럼 도약했다.

팟, 파밧.

겨우 두 번의 발 굴림으로 무려 삼 장의 거리를 후퇴하는 교구. 미세한 바람조차 일지 않는, 그야말로 표홀한 운신의 진수였다.

경공술로 둘째가라면 서러울 승궁인이 속으로 감탄했다.

'저것은 답설무흔(踏雪無痕)의 경지다!'

즉, 상대의 경신 공부가 눈 위를 밟아도 흔적이 남지 않을 정도로 지고극상(至高極上)한 수준이란 뜻이었다.

천공 등이 일제히 신형을 날려 일 장 간격까지 육박한 찰나, 적발여인이 별안간 제자리에 한쪽 무릎을 꿇고 앉으며 또렷한 음성을 발했다.

"결례를 범했습니다. 부디 용서하세요."

상대의 돌변한 태도에 천공 등은 저마다 신형을 멈춰 세우며 일렬로 늘어섰다.

항복의 자세를 갖췄다고 해서 쉽사리 혹할 그들이 아니었다.

이곳은 엄연히 구천혈궁의 영역인 강변. 방심이 깃들여지 따위는 없었다.

천공은 경계를 늦추지 않은 눈빛으로 적발여인의 모습을 유심히 살폈다.

여인치고는 제법 큰 신장에 갸름한 눈매, 선이 뚜렷한 입술, 그리고 유난히 오뚝한 콧날. 또 한 쌍의 눈동자는 이곳 중원에서 보기 힘든 연녹색이었다.

피부색 역시 사뭇 달랐다.

천공 옆에 자리한 단희연의 살갗도 매우 흰 편이라 할 수 있는데, 적발여인은 아예 백로처럼 새하얀 빙기옥골(氷肌玉骨)의 피부를 가지고 있었다. 그 빛깔이 너무 하얘 시퍼런 핏줄마저 선명히 보일 정도였다.

혹시 강시인가 하는 생각도 들었지만, 동공이 맑은데다 호흡도 여느 사람처럼 정상적이라 그럴 가능성은 낮았다.

이목구비로 보아 중원 사람이 아님은 확실했다. 아무래도 변경 너머의 서역 나라 출신이거나 색목인(色目人) 혼혈인 듯싶었다.

광진이 금강저 위로 금빛 기광을 무럭무럭 피워 올리며 천공을 향해 전음을 보냈다.

[천공, 저 여인은 틀림없는 마인일세. 체내에 모종의 마기가 도사리고 있어.]

[예, 저도 방금 느꼈습니다.]

대답한 천공뿐만 아니라 좌우에 선 단희연과 승궁인도 남다른 기감을 통해 상대의 마기를 간파한 터였다.

적발여인의 시선이 문뜩 천공의 얼굴에 고정되었다.

"오해 마세요. 전 대화를 나누고 싶어 온 것이에요."

단희연이 호위무사처럼 냉큼 한 발 앞으로 나서 그녀의

눈길을 차단하고 서며 검극을 겨눴다. 검날 주위로 투명한 아지랑이가 하늘하늘 피어올랐다.

뒤이어 광진이 육중한 공력을 이끌어 내자 법복이 크게 나부끼며 펄럭펄럭 소리를 냈다.

"구천혈궁의 마녀(魔女), 내 눈은 속일 수 없다! 어설픈 수작질은 그만 집어치우고 본연의 힘을 드러내 보여라!"

곁의 승궁인도 엄엄한 표정으로 경고했다.

"주변에 아무런 매복도 없는 것 같은데, 혼자서 감당할 수 있을 거라 여긴 건가? 그렇다면 큰 오산이야. 우린 생각보다 강하거든."

적발여인은 흔들림 없는 침착한 표정으로 말을 받았다.

"다들 제가 지닌 마기를 감지하신 모양이군요. 그렇다면 더 이상 숨기지 않지요."

그녀는 묘한 눈빛을 흘리더니 별안간 체외로 마기를 내뿜었다.

슈슈슈슈슈슛……

혈류를 연상시키는 시뻘건 기파.

일전 겨뤘던 혈조여왕의 그것과 동류의 마기였다.

일행은 순간 머릿속으로 똑같은 명을 떠올렸다.

'구천혈궁!'

적발여인이 뭐라고 말을 이어 나가려는 찰나, 천공이 대뜸 발을 굴렀다.

파밧, 후우우우우욱―!

무서운 기세로 공간을 압축하며 전진하는 신형이었다.

풍성을 앞지르는 가공할 속도의 운신.

천마섭전비와 쌍벽을 이루는 혈신마라공의 쾌속한 경공술, 혈해유영비(血海遊影飛)였다.

눈 깜빡할 새 삼사 보 거리에 이른 천공이 우권을 빠르게 지른 순간, 적발여인의 교구가 촛불 꺼지듯 시야에서 픽! 사라져 버렸다.

부우우웅―!

천공이 발출한 핏빛 권경은 간발의 차로 허공을 갈랐고, 적발여인은 어느새 좌측 십 보 밖으로 운신해 섰다. 마치 처음부터 거기에 자리하고 있었다는 듯이. 호홀지간에 이뤄진, 실로 전광석화 같은 운신이었다.

천공의 반응도 빨랐다.

다시 한 번 전개된 혈해유영비.

후우우우우욱―!

묵직한 풍성이 터진 때, 천공의 신형은 이미 적발여인의 면전으로 육박해 있었다. 그렇게 좌권을 질러 육중한 권경을 내뿜은 찰나, 적발여인이 붉은 잔상을 흩뿌리며 우측으로 운신해 공세를 회피했다.

'두 번이나 헛손질을……!'

천공은 상대의 동물적인 반응속도에 내심 감탄을 금치 못했다.

그때, 안광을 번뜩인 단희연이 즉각 매끈한 두 다리를 놀려 쾌속한 보법을 펼쳤다.

스사사삭, 스사사사삭―!

땅을 스치듯 밟으며 나아가는 향혼추보.

질세라 승궁인의 신형도 깃털처럼 가볍게 도약해 맹렬한 회전을 보이며 쇄도했다.

파파파, 파파파파파파―!

가공할 회전력에 의해 빗방울이 거센 물보라를 일으켰다.

개방을 대표하는 상승 신법, 선풍신법이었다.

단숨에 적발여인의 좌우를 압박해 든 단희연과 승궁인이 각기 검기와 장력을 발출했다.

물결처럼 구불구불 춤을 추는 일선(一線)의 검기, 멸혼회무검법 제일초, 독무검파(獨舞劍波). 그리고 선풍신법과 연계해 질풍처럼 쏘아진 장력, 신풍쇄장(迅風碎掌).

쉬쉬쉬쉬쉿! 슈우우우웅!

둘 다 옆구리를 노린 공세였다.

적발여인은 즉각 지면을 차고 높이 솟구쳤다. 그 바람에 독무검파와 신풍쇄장이 그녀의 발밑을 비껴가며 서로 강하게 충돌했다.

퍼어어엉—!

반탄지력에 의해 단희연과 승궁인의 신형이 네다섯 걸음 뒤로 주르륵 밀렸다.

그 순간, 광진이 높이 뛰어올라 먹잇감을 사냥하는 맹금처럼 거리를 격해 적발여인의 등 뒤를 엄습했다.

맹렬한 기세로 등판을 찔러 나가는 금강저.

흠칫한 적발여인은 공중에서 그대로 신형을 웅크렸다가 두 발을 쭉 뻗었다.

파앙!

짧은 파공성과 함께 적발여인의 교구가 허공에서 빠르게 전진하더니 일 장 앞 지면에 안착했고, 광진의 금강저는 애꿎은 공기만 찢어발겼다.

이내 활강하듯 땅을 딛고 선 광진의 눈동자 위로 작은 파문이 일었다.

가까이에 있는 단희연과 승궁인의 눈빛도 그와 다르지 않았다.

일행 모두 놀라움을 감추지 못했다. 몸을 띄운 상태로 다시 동작을 바꿔 움직이는 것은 아무나 펼칠 수 없는 경신 공부이므로.

천공은 대번에 그 요체를 꿰뚫어 보았다.

'저것은 혈해유영비의 묘용이다! 그것도 구성 이상의 수위에 이르러야 비로소 펼칠 수 있는…….'

그것은 바로 발바닥에 모은 내공을 흡자결(吸字訣)로 운용해 공기의 흐름을 압축한 다음 폭자결(爆字訣)로 다시 터뜨리며 운신하는 묘용이었다.

'놀랍군. 지맥에 저 정도로 출중한 경공술을 가진 마인이 존재할 줄이야.'

천공을 비롯한 일행이 차례로 상대를 붙잡기 위해 경공술을 운용하며 초식을 뿌렸지만, 적발여인은 수면 위를 미끄러지는 소금쟁이처럼 일련의 공세를 모조리 회피해냈다.

그렇게 십여 초의 공방이 순식간에 지나갔고, 다섯 사람은 이십 보 간격을 유지하고 자리한 채 소강상태로 들어섰다.

천공은 적발여인의 경신 공부에 진심으로 탄복했다.

'굉장하다! 저 정도로 고절한 경공술을 펼치는 상대는 난생처음이야.'

내공의 고하를 떠나 운신 솜씨만큼은 가히 강호 으뜸이라 해도 무리가 없을 정도였다.

승궁인도 혀를 내두르는 중이었다.

'손에 잡히지 않는 바람을 상대하는 듯한 기분이다! 이 건 마치……'

그는 머릿속으로 불현듯 한 인물을 떠올렸다.

현 개방의 방규를 관장하는 법개당(法丐堂)의 당주, 나 표(羅票).

열 가지의 운신 묘용을 통달했다고 하여 십기비천개(十 技飛天丐)란 별호를 얻은 나표는 개방은 물론이고, 정파 를 통틀어도 세 손가락에 꼽히는 경공술의 대가였다.

특히 그의 은형투체술(隱形投體術)은 어떤 비좁은 틈 도 마음대로 오갈 수 있다고 할 정도로 대단한 기예였다.

승궁인은 과거 후개 교육을 받는 동안 나표로부터 경공 술을 배웠기에 어느 누구보다 그 실력을 잘 알고 있었다. 소문이 과장되지 않았음을 일찍이 깨달았다.

한데 그런 나표와 비교해도 적발여인의 경공술은 전혀 뒤떨어짐이 없었다. 결코 그에 못지않은 수준이었다.

'아니, 어쩌면……'

한 수 위일지도 모른다는 생각마저 들었다.

한편, 단희연은 약이 바짝 오른 얼굴로 칼자루를 움킨 손에 힘을 꽉 주었다.

'옷깃조차 베지 못하다니…… 치잇!'

같은 여무인으로서 지기 싫은 마음, 호승지심이었다.

천공이 그런 단희연을 보며 달래듯 말했다.

"내공 수위는 둘째 치고, 적어도 경공술에 있어서만큼은 우리보다 한 수 위입니다. 인정하지 않을 수가 없군요."

단희연이 여전히 분한 얼굴로 고개를 끄덕거렸다.

"혼자 나타난 데엔 다 이유가 있었네요. 일련의 동작이 빨라도 보통 빠른 게 아니에요."

"단순히 속도의 문제가 아닙니다. 기오막측한 운신의 변용이 원인이지요."

한편으론 혈신마라공이 구성 수위에 도달했다면 혈해유영비의 상승 묘용으로 따라잡았을 텐데, 하는 일말의 아쉬움이 흉중을 가볍게 스쳤다.

하나 상대를 제압할 방법이 없는 것은 아니었다.

'혈명안을 쓰자. 아직 완전한 상태는 아니지만……'

그때, 불현듯 승궁인이 의미심장한 표정으로 툭 던지듯 말했다.

"지쳤어. 저것 봐."

멀찍이 거리를 벌리고 자리한 적발여인의 상기된 얼굴이 일행의 눈동자에 담겨 들었다.

가쁜 호흡성.

어깨가 들썩거리고 봉긋한 가슴이 크게 오르락내리락하는 것이 보였다.

짧은 시간 동안 내력을 급격히 소진해 체력적으로 일정한 한계점에 이르렀음이 분명했다.

지치는 게 당연한 일이다.

내로라하는 일류 고수를, 그것도 한 명도 아닌 무려 네 명을 쉬지 않고 감당했으니까.

한 번의 실수가 치명상으로 직결되는 만큼 고도의 집중력을 요하는 싸움이었기에 공력 소모도 배가될 수밖에 없었으리라.

기실 다른 무인이 이 자리에 있더라도 결국엔 똑같은 상황을 맞이했을 것이다.

적발여인이 가까스로 숨을 고르며 입을 열었다.

"후우우, 정말 대단하시네요. 여태껏 궁 내 어느 누구도 절 이토록 빨리 지치게 만들지 못했는데……."

광진이 붉은 부적 한 장을 꺼내 들며 외쳤다.

"구천혈궁의 마인이 혼자 오진 않았을 터!"

적발여인은 빗방울과 땀방울이 뒤섞인 이마를 손등으로 훑으며 고개를 가로저었다.

"강시들을 매복시켜 놓았다고 여기시는 건가요? 거듭 오해하고 계시네요. 전 구천혈궁 소속이 맞지만……."

그녀는 말을 다 끝맺지 못했다.

천공이 돌연 한층 강력한 마기를 이끌어 낸 까닭이다.

동시에 반원 오륙 장의 지면이 심하게 흔들렸다.

드드드드, 드드드드……

이내 그의 머리 위로 시뻘건 핏물을 뒤집어쓴 듯한 마신의 형상이 거대하게 떠오르더니 신속히 갈무리되었다.

혈신마라공 고유의 발현 마기.

단희연과 승궁인은 본능적으로 움찔하며 반보 뒤로 물러섰다. 이미 경험한 바 있지만 여전히 적응이 쉽지 않은 모양이었다.

쿠쿠쿠쿠쿠쿠—

사위를 짓누르는 육중한 압력.

그 마력의 영향으로 일대 공간의 빗물이 피처럼 시뻘겋게 물들었다.

"차라리 도망치는 게 현명한 선택이었을 것이다!"

천공은 그대로 지면을 딛고 사나운 진격을 시작했다.

파바바바바박—!

붉은 물보라가 일며 그의 신형 좌우로 분신처럼 선명한 잔영(殘影)이 부챗살 펴지듯 넓게 파생되더니, 금세 여러 마귀의 형상으로 변모했다.

천공을 필두로 흡사 지옥의 혈귀(血鬼)들이 문을 열고

무리를 지어 쇄도하는 듯한 광경.

적발여인은 순간 뒷머리가 쭈뼛이 섰다.

피에 굶주린 마군(魔群)이 자신의 육신을 찢어발기기 위해 몰려오는 듯한 오싹한 느낌이었다.

혈마군림보(血魔君臨步).

육성에 이르러 비로소 펼칠 수 있게 된 보법.

혈해유영비와 달리 상대의 눈을 현혹하고 위협하는 변용을 가진 보식이었다. 또한 부채 형태로 펼쳐진 마기는 호신강막(護身剛幕)이 되어 방어 일체를 수행했다.

적발여인은 신속히 뒷걸음질 치며 쌍수를 바쁘게 놀렸다.

쐐애액, 쐐애액!

비수 네 자루가 천공의 면전으로 엄습했지만, 혈귀 무리로 화한 마기가 풍압을 일으켜 그것을 모조리 튕겨 버렸다.

그사이 둘의 간극은 오 보 이내로 좁혀졌다.

적발여인이 후퇴하는 동작은 여전히 날렵했지만, 앞서와 비교해 눈에 띄게 차이가 났다.

내력과 체력의 소진, 그로 인한 피로감 때문이었다.

천공의 신형이 더욱 가까이 육박하자 혈마군림보의 잔영이 적발여인의 시야를 어지럽혔다.

온통 핏빛.

그녀의 눈엔 그랬다.

후우우웅!

소맷자락을 펄럭이며 직선을 그리는 일권.

시뻘건 권경이 주먹 형태 그대로 맹렬히 발출됐다.

적발여인은 이를 으물며 발을 굴렸다.

'본존의 힘을 정면으로 맞받으면 혈조여왕의 꼴을 면치
못해!'

빗물 고인 땅을 박차고 우측으로 회피하는 교구. 그에
붉은 권경은 종이 한 장 차이로 그녀의 어깨를 스쳐 지나
갔다.

반응이 조금만 늦었다면 몸이 통째로 으스러지고 말았
을 것이다.

팟, 파밧.

연거푸 공중제비를 넘어 거리를 벌린 적발여인이 비로
소 똑바로 자세를 갖추고 선 찰나, 천공의 두 눈에서 짙은
혈광이 쏘아졌다.

큐우우웅, 큐우우우웅!

번개를 방불케 하는 엄청난 속도였다.

그것을 본 적발여인이 질겁했다.

'앗! 혈명안?'

팟, 파바밧, 파밧.

적발여인이 오른쪽으로 공중제비를 넘으며 혈명안의 마기를 피하려 했지만, 결국 왼쪽 허벅다리를 관통당하고 말았다.

"으흑!"

신음을 흘린 그녀는 그대로 땅에 엎어졌다.

한데 외상은 보이지 않았다.

혈명안의 마기는 원래부터 기맥과 혈맥에 손상을 가하는 절예였다. 겉에 아무런 상처가 없는 것도 그런 까닭이었다.

현재 적발여인은 체내로 침투한 상대의 마기에 의해 왼쪽 다리 전체가 마비된 상태. 게다가 혈맥이 들끓으며 거북한 고통을 선사해 왔다.

'으흐윽…… 버겁구나.'

어떻게든 다른 한쪽 다리로 일어서려 했으나 뜻대로 되지 않았다.

사실 천공의 혈신마라공이 육성 수위라 그 정도에 그친 것이었다. 만약 극성 수위에 도달해 혈명안의 위력을 제대로 구사했다면 허벅다리의 기맥과 혈맥은 그대로 무참히 터져 나가 버렸을 테니까.

혈명안은 오성 수위에 이르러 비로소 발휘되는, 혈맥을

들끓게 만드는 묘용을 내포한 최상승 안공(眼功)이었다.

기실 높은 수위에 이를수록 내력 소모가 빠르고 육안에 큰 무리가 따르기 때문에 연달아 쓰기 힘들다는 단점이 있지만, 중요한 순간 암기처럼 쏘아 적을 제압하기에 더없이 유용한 기예였다.

천공이 날렵한 운신으로 적발여인 앞에 자리했다.

"무리하게 움직이려 들면 기맥과 혈맥이 파열되고 말 것이다. 그만 포기해라."

두 주먹엔 핏빛 기파가 무럭무럭 피어오르고 있었다. 언제든지 목숨을 앗아 갈 준비가 되어 있다는 듯이.

이윽고 일행이 그 곁으로 모여 적발여인을 둥글게 포위하고 섰다.

단희연은 예리한 검날을 그녀의 목에 가져다 대며 싸늘히 경고했다.

"허튼수작 부릴 생각일랑 버리고, 지금부터 묻는 말에 솔직히 대답해."

적발여인이 엎어진 채로 고개를 들어 단희연을 바라보다가 이내 천공에게로 눈길을 돌렸다.

그 시선을 마주한 천공이 나지막이 물었다.

"우리가 여기 있다는 것을 어떻게 안 것이냐?"

그러자 적발여인이 괴로운 표정으로 되레 물음을 던

졌다.

"윽…… 방금 그것이 혈명안인가요?"

천공은 별안간 뜻밖이라는 표정을 지었다.

"혈명안을 어떻게 알지?"

"사부님을 통해 귀에 못이 박히도록 들었으니까요. 본
맥의 힘을 계승한 자만이 혈명안을 구사할 수 있다
고……. 본 궁 사람들 중 그것을 모르는 사람은 아무도
없어요. 과연 제 예상대로 본존의 후인이시군요."

"첨부터 내 정체를 알고 있었다는 말인가?"

"네. 혈정강시들과 혈조여왕을 처치하셨을 때…… 저도
그곳에 있었답니다. 물론 기척을 들키지 않게 거리를 두
고 숨어 있었죠. 그때에야 비로소 알게 되었어요."

그 말에 천공과 단희연, 승궁인 모두 놀라움을 감추지
못했다.

구천혈궁에 속한 마인이 동료를 돕지 않고 몰래 은신해
있었다니, 선뜻 이해가 가지 않았다.

적발여인이 목소리를 이었다.

"전 싸우러 온 게 아니에요. 본존의 후인을 뵙고 어긋
난 길을 걷고 있는 본 궁을 바로잡아 주시길 청하려고 온
것이죠. 앞서 기습을 가한 것은 정말 죄송해요. 진정한 실
력을 가늠해 보고픈 마음에 저도 모르게 그만……."

광진이 대뜸 으름장을 놓았다.

"목숨을 부지하기 위해 변명을 늘어놓는 것은 아니냐!"

그 순간, 측방의 나무 무성한 공간 너머로 다수의 인기척이 감지됐다.

일행의 시선이 동시에 그 방향으로 집중된 찰나, 음산한 기도를 간직한 일백여 피풍인이 물기를 머금은 초망을 지르밟으며 모습을 드러냈다. 몸에 두른 피풍은 하나같이 붉은 빛깔이었다.

무리의 선두에 자리한 서른 초반의 사내.

세도가의 귀공자처럼 헌앙한 기도를 자랑하는 그는 짙은 눈썹과 둥그런 눈매, 오똑한 콧날을 가진 대단한 미남자였다.

머리엔 적색 주건(周巾)을 썼고, 여느 사내라면 남우세스럽다고 마다할 화문(花紋)이 화려히 수놓인 무복을 걸쳤는데, 그 화문이 섬뜩하게도 검붉은 핏빛이었다.

단희연은 즉각 적발여인의 목에 닿은 검날로 진기를 주입하며 낮게 소리쳤다.

"흥, 역시나 혼자 온 게 아니었어!"

천공 등은 신속히 내공을 운용해 싸울 태세를 취했다.

바로 그때.

주건을 쓴 사내가 일 장 반 정도의 거리에서 걸음을 멈취 서더니 수신호를 보냈다. 그러자 등 뒤에 세 줄로 도열한 피풍인들이 일제히 그 자리에 부복하며 외쳤다.

"본존의 후인을 뵙습니다!"

주건을 쓴 사내도 이내 두 손을 모아 극진한 예를 표하며 무릎을 꿇었다.

"오랫동안 기다렸습니다, 본존이 후인이시여!"

뜻밖의 상황 앞에 천공 일행은 어리둥절해했다.

예의 사내가 엄숙한 얼굴로 천공을 보며 입을 열었다.

"저는 종무린(鍾武麟)이라 합니다. 지맥의 여섯 마학 중 관지(貫指)의 혈마력(血魔力)을 계승했습니다. 즉, 지공(指功)의 마학이지요. 그리고 거기에 있는 제 아내는……."

아내란 말에 일행의 눈길이 바닥에 엎어진 적발여인에게로 옮겨졌다.

적발여인이 힘겨운 표정으로 입을 열었다.

"저는…… 서야상(西野翔)이에요. 경공의 마학인 순속(瞬速)의 혈마력을 계승했죠."

천공은 냉정한 눈빛으로 종린과 서야상을 번갈아 살피다가 물었다.

"당신들…… 그렇다면 구천혈궁 수뇌부인가?"

그러자 종무린이 얼른 대답했다.

"예. 저희 부부는 이른바 혈심육왕에 속해 있습니다. 전 혈화지왕(血花指王)이라 칭하고, 아내는 혈섬요왕(血閃妖王)이라 칭하지요. 또한 얼마 전 본존의 후인께 죽임을 당한 여인의 별호는 혈조여왕으로, 그 진전은 조공의 마학인 철조(鐵爪)의 혈마력이었습니다."

잠자코 듣고 있던 승궁인이 거무스름한 턱을 쓰다듬으며 목소리를 발했다.

"옳아, 지맥을 지탱하는 여섯 가지의 진전을 나눠 익힌 자들이 바로 혈심육왕이로군. 그나저나 납치된 동방휘는 아직 무사한가?"

종무린이 고개를 끄덕거리자 천공이 다시 질문을 던졌다.

"혈심육왕 가운데 궁주는 누구인가?"

"없습니다. 현 궁주는 사스케라는 왜국의 무인입니다."

"왜국의 무인……?"

"사연이 자못 깁니다. 일단 자리를 옮기시는 게 어떻겠습니까? 이러다가 구천혈궁 사람들 눈에 띄면 곤란하니까요."

천공은 고개를 갸웃거렸다.

'저건 또 무슨 소리지?'

갈수록 미궁에 빠지는 듯한 느낌이었다.

잠깐의 침묵.

이윽고 천공이 마기를 갈무리하며 말했다.

"혈조여왕이 죽는 것을 보았다면…… 일련의 대화도 분명 엿들었겠지?"

쓰러져 있던 서야상이 말을 받았다.

"네. 이 세상을 어지럽히는 모든 마를 멸하기 위해 혈마맥의 마공을 익히셨다고…….'"

"그것에 예외는 없다. 아무리 충성스러운 태도로 날 영접한다고 하더라도…… 인륜을 저버린 구천혈궁은 절대용서할 수 없다는 뜻이다."

퍽!

갑자기 둔탁한 음향이 울렸다.

질퍽한 지면에 종무린이 이마를 찧는 소리였다.

"본존의 후인이시여, 저희 뜻도 그와 같습니다! 이렇듯 밖을 떠돌며 궁 내 사람들과 적대 관계를 형성하게 된 것도 바로 그 때문입니다!"

그러자 종무린을 따라 일백여 피풍인도 일제히 바닥에 이마를 세게 찧으며 자신들 진심을 헤아려 주길 바랐다.

퍽, 퍼억, 퍼퍽, 퍽…….

서야상이 안타까운 낯빛으로 말을 거들었다.

"저희들은 평소 강시군 양성에 반대해 왔죠. 하지만 현재 궁 내의 실권을 잡은 자들은 지금까지도 사람을 함부로 납치하고 죽여 강시를 만드는 데에 여념이 없어요. 특히 사스케가 궁주에 오른 후로…… 본 궁은 그야말로 타락한 악의 소굴이 되어 가고 있답니다. 부디 본존의 후인께서 지맥의 질서를 바로잡아 주시기 바라요. 간곡히 부탁드려요."

아무리 봐도 마공 연마로 인해 마심이 깃든 자들이 할 소리는 아닌데…….

승궁인이 자신의 옆에 선 광진에게 전음을 보내며 어깨를 으쓱거렸다.

[광진 스님, 이거 일이 묘하게 돌아가네요.]

[그러게 말일세. 한데 어쩌면 좋은 기회가 될지도 모른다는 생각이 드는구먼. 저들 말을 들어 보니 아무래도 구천혈궁이 지금 심각한 계파 갈등을 겪고 있는 듯싶으니…….]

한편, 천공은 검극을 겨누고 있는 단희연을 보며 눈짓을 했다. 일단 두 사람 이야기를 들어 보는 게 좋겠다는 의미의 눈짓이었다.

단희연의 의중도 별반 다르지 않았다. 그녀는 가만히 고개를 끄덕이더니, 이내 검을 칼집에 꽂아 넣었다.

천공은 말없이 사야상의 마비된 다리 위로 장심을 가져다 댔다. 그러자 그녀의 기맥과 혈맥에 깃든 혈명안의 기운이 체외로 나와 공기 중으로 소멸했다.

단숨에 씻은 듯이 사라진 통증.

서야상은 이내 신형을 일으켜 세우며 감격한 표정으로 감사를 표했다. 그에 천공이 냉담한 목소리를 흘렸다.

"일단 그대들의 청대로 자리를 옮겨 일련의 사연을 들어 보도록 하지. 하나 이것이 만약 우리를 속이려는 암수라면……."

말꼬리를 흐린 그의 신형 위로 핏빛 기파가 불꽃처럼 맹렬히 타올랐다.

극성의 공력. 그 육중한 마기에 의해 십 장의 지면이 사납게 요동을 치며 어지러이 균열을 일으켰다.

쿠쿠쿠쿠쿠, 쩌저적, 쩌저저저저적……!

"크윽!"

"흐으읏……!"

"어헉."

피풍인들 모두가 나지막이 괴로운 소리를 내뱉었다. 그나마 성취가 남다른 서야상과 종무린은 일신의 공력을 최대로 끌어 올려 어깨를 짓누르는 압박감을 버텨 냈다.

반면, 단희연 등은 아무런 압력을 느끼지 않았다. 애초에 천공이 마기의 방향을 조절한 덕분이었다.

승궁인은 그런 천공의 실력에 새삼 감탄했다.

'진짜 괴물이군. 체외로 발산하는 기운을 이토록 세밀하게 제어할 수 있다니……. 그건 생각하는 이상으로 아주 어려운 일일 텐데. 훗, 천마존을 능히 죽일 만도 해.'

같은 무인으로서 조금 부러운 마음이 들었다.

천공이 이내 마기를 거두어들이며 말을 마저 이었다.

"……절대 용서치 않을 것이다. 명심하라."

그에 종무린이 대표로 나서 엄중한 목소리로 대답했다.

"예, 추호의 거짓도 없을 것입니다. 믿어 주십시오."

*   *   *

어디가 위이고 어디가 아래인지 경계가 모호한 심계. 그리고 그곳에 자리한 금색으로 빛나는 네모반듯한 장막.

그 장방형 공간 안에 갇힌 천마존은 두 눈을 감고 선 채로 기절해 있었다.

어차피 온몸에 번쩍거리는 빛줄기가 그물처럼 옭매여 있어 정신을 차린다고 하더라도 꼼짝달싹할 수 없는 신세였다.

어느 순간, 천마존의 속눈썹이 파르르 떨렸다.

비로소 정신이 드는 것일까?

"으음……."

입술을 비집고 신음 비슷한 소리가 새어 나왔다.

그로부터 한참의 시간이 지난 때.

천마존이 마침내 두 눈을 번쩍 뜨며 자못 거친 호흡성을 내뱉었다.

"헉, 허억, 허억……."

눈에 보이는 것이라곤 금빛으로 된 벽면뿐.

한참 동안 숨을 고른 천마존은 이내 자신의 몸에 칭칭 감긴 빛줄기를 풀고자 상체를 힘껏 흔들었다. 하지만 그물 같은 빛줄기는 꿈쩍도 하지 않았다.

"이런 제기랄!"

그는 성난 외침을 토한 후 천공과 광진의 얼굴을 차례로 떠올렸다.

'큭, 괘씸한 중놈들…… 감히 날 봉인해?'

그러다가 목에 핏대를 세우며 한껏 고함쳤다.

"천공, 이 새끼! 내 말이 들리느냐!"

밀류봉령술이 만든 금빛 장막 때문에 들릴 리가 없다. 차단된 공간을 울리는 작은 메아리로 그칠 따름이었다.

"그래, 시도는 좋았다. 하지만 가까스로 정신을 봉인당하지 않았지! 너흰 결국 실패한 거야! 보기 좋게 실패한 거라고! 크흐흣……."

당시 천마존은 밀류봉령술에 의해 갇히던 마지막 순간,

모든 기운을 영혼지체의 머리로 집중시켰다.

천마신공 심법의 핵심 요체 중 하나.

천마지오심결(天魔支吾心訣).

그것을 이용해 가까스로 뇌력(腦力)을 보호했던 것이다.

사실 당시엔 도박이나 다름 아닌 선택이었다, 다급한 마음에 궁여지책으로 끄집어 낸.

한데 성공했다.

지금 이 순간, 뇌력을 회복해 정신을 차리고 눈을 떴으니까.

빈틈을 찾고자 이리저리 눈알을 굴리던 천마존은 문득 아쉬운 소리를 내뱉었다.

"끌! 마혼석등만 있다면 이따위 봉인쯤 단번에 쇄파해 버렸을 터인데."

그는 혹시나 싶어 조심스럽게 축기를 시도해 보았다. 그러자 놀랍게도 반응이 왔다.

'호오…… 이것 봐라?'

밀류봉령술에 갇히기 전 때만큼은 아니나 영적인 기가 아주 미약하게 흘러드는 것이 느껴졌다.

솔직히 이 정도까진 기대하지 않았는데.

반월을 머금은 입술이 곧 활짝 열리며 굉소를 터뜨

렸다.

"크하하하하, 크하하하하하! 이거, 진짜 일이 흥미롭게
되어 가는구나!"

어려운 상황일수록 평상심과 인내심을 유지하는 것이
중요한 법. 일백 년 이상을 산 노마두가 그러한 진리를 모
를 리 만무했다.

'좋아, 조급한 마음은 버리자! 새로이 시작하는 거야!
소진해 버린 힘을 되찾는 데까지 시일이 얼마나 걸릴지
기약조차 힘들지만…… 소량의 축기가 가능하다는 것만도
천만다행이잖은가.'

안광을 사납게 번뜩인 천마존은 주먹을 불끈 쥐며 읊조
리듯 중얼거렸다.

"천공, 기다려라. 본좌가 언제고 다시 한 번 네놈을 식
겁하게 만들어 줄 테니까. 크큭."

                *   *   *

신비괴림 어귀의 숲길.

비가 추적추적 내리는 가운데, 길가 한옆 바위에 우립
(雨笠)을 쓴 인영 둘이 앉아 있었다.

한 명은 옥색 비단의 차림에 돼지처럼 몸집이 몹시 비

대했고, 다른 한 명은 반대로 무척 왜소한 체구에 검은 피풍의를 둘렀다.

외형이 극명한 대조를 이루는 그들은 다름 아닌 천환마가주의 차남 저용마랑 범조와 월영마가주의 외아들 숭월검자 사오랑이었다.

범조가 우립의 챙을 타고 어깨 위로 똑똑 떨어지는 빗방울을 털어 내며 투덜거렸다.

"시벌, 날씨 한 번 더럽네! 신에 흙물이 튀는 건 딱 질색인데."

"후흣, 잡식 뚱보 주제에 깔끔한 체하기는……."

"시끄러워, 이 추한 난쟁이 새끼야. 그나저나 이것들, 왜 이렇게 안 오는 거야?"

그 순간, 사오랑이 길 저편으로 눈길을 던지자 범조의 시선도 덩달아 움직였다.

자박자박, 자박자박……

빗길을 밟는 발자국 소리들.

이윽고 옅은 안개 사이로 짙푸른 무복을 입은 일련의 무리가 나타났다.

녹림방 소속 방도들이었다.

어림잡아 삼사십 명은 넘어 보이는 행렬의 선두엔 키가 훤칠한 이십 대 여인이 자리했는데, 바로 안탕산 산채의 부채주 날수사희(辣手邪姬) 가예(賈霓)였다.

손속이 매섭고 성정이 거칠기로 유명한 그녀는 전형적인 여인상과 거리가 멀었다. 특히 소매가 없는 무복 좌우로 드러난 탄탄한 팔뚝, 그리고 하의를 찢을 듯이 팽팽히 당기는 굵은 허벅다리가 그랬다.

그 두 가지만 보더라도 강호의 여느 사내들 못지않은 근육질의 몸매를 가졌음을 짐작할 수 있었다.

사오량이 못생긴 주먹코를 벌렁거리며 히죽 웃었다.

"저 계집…… 내 취향인걸. 아주 좋은 몸을 가졌어."

그러자 범조가 음흉한 눈빛으로 맞장구쳤다.

"정말 탄력적인 몸을 가졌군. 무엇보다 허벅다리가 맘에 들어. 이히힛, 아마 아랫도리를 쬐는 힘도 남다를 거야."

"어때, 따먹고 싶지?"

지척에 이른 가예가 갑자기 신형을 멈춰 세웠다. 그에 수하들도 일제히 그 자리에 정지했다.

가예는 검지를 세워 우립을 살짝 들어 올리며 바위에 퍼질러 앉은 범조와 사오량을 번갈아 살폈다.

"주둥이가 더럽구나."

그녀의 싸늘한 말에 범조가 능글맞은 표정으로 대꾸했다.

"어이구, 우리 이야기를 들은 거야? 히힛."

사오량이 검을 가랑이에 끼우곤 양손으로 칼자루를 음탕하게 쓰다듬었다.

"내 물건을 그대가 이렇게 어루만져 줬으면 좋겠는데."

"닥쳐!"

진노한 가예가 즉각 살기 실은 일장을 내질렀다.

꽈과광!

일수에 의해 바위가 박살 난 순간, 범조와 사오량은 어느덧 십 보 밖으로 운신해 서 있었다.

범조가 자신의 불룩한 배를 툭툭 두들기며 이기죽거렸다.

"느려, 느려. 그런 움직임으론 날 잡기 힘들다고."

가예를 비롯한 녹림방도들은 그 둘이 범상한 실력자가 아님을 깨닫고 일제히 병기를 빼 들었다.

질세라 칼을 뽑은 사오량이 두 눈을 번뜩이며 입을 열었다.

"혹시 기부도의 행방을 찾고 있는 중이냐?"

흠칫한 가예가 자신의 애병인 가느다란 연검(軟劍)을 꽉 움키며 앙칼지게 외쳤다.

"이제 보니 채주께서 실종되신 것과 관련이 있는 놈들이구나!"

범조가 여유로운 태도로 고개를 주억였다. 그때, 우장
(雨裝)을 걸친 삼십 대 거한 둘이 귀신처럼 등장해 범조
의 좌우로 시립했다.

쇠침이 무수히 박힌 우람한 철퇴를 거머쥔 쌍둥이 형
제.

범조의 심복 부하, 흑혼과 백혼이다.

두 사람은 곧장 육중한 철퇴 위로 백색 기류를 모락모
락 피워 올렸다.

동시에 가예의 두 눈이 한껏 커졌다.

'아니……!'

빗줄기를 뚫고 살갗에 선명히 와 닿는 음침한 기운.

대번에 마기임을 간파한 그녀였다.

범조의 눈동자에 살광이 깃들기 시작했다.

"기부도는 벌써 뒈졌어. 그러니 헛된 수고는 그만하고
우리랑 즐기도록 해. 네년 속살은 과연 어떤 맛일지 궁금
해 미칠 지경이야."

"미친……!"

가예가 발끈한 찰나, 범조가 부채를 꺼내 들며 세차게
휘돌렸다. 그러자 부챗살로부터 발출된 새야한 마기가 무
수한 해골 형태로 화해 시야를 마구 어지럽혔다.

해골무도개(骸骨霧道開).

환영의 마기로 시계를 교란하는 천환마가 고유의 출환술(出幻術).

가예는 지체 없이 연검을 휘둘러 고강한 검기를 연거푸 토했다. 하지만 일련의 검기와 부딪친 해골들은 흩어지기가 무섭게 더 많은 환영을 파생시켰다.

직후, 백혼과 흑혼이 당황하는 녹림방도들을 향해 쇄도했고, 사오량도 시커먼 피풍을 펄럭이며 돌진해 검을 놀렸다.

엇비슥이 내리는 빗길은 순식간에 아수라장이 되었다.

"으흐윽!"

"커억!"

"제기랄……!"

녹림방도들의 괴로운 음성이 이어지며 진흙탕 위로 시신이 하나둘씩 쌓여 갔다.

백혼과 흑혼의 무력은 범조의 호위무사답게 여느 녹림방도들이 감당할 그것이 아니었다. 또한 월영마가의 상승 검학인 대월신마검법 최종 오의를 터득한 사오량의 무력도 엄청난 수위를 자랑했다.

싸움은 오래가지 않았다.

반 각이 채 되기도 전에 삼사십 명의 녹림방도들은 모조리 피범벅이 되어 저승길을 떠났다.

홀로 생존한 가예는 분한 얼굴로 씩씩거리며 이를 바드득 갈았다.

그녀는 현재 사오량에게 검기점혈을 당해 팔다리를 맘대로 움직일 수 없는 상태였다. 게다가 예의 연검은 무참히 두 동강이 나 지면에 떨어져 있었다.

"이 더러운 마도의 무리……! 두고 봐라! 총채주께서 절대 너희를 용서치 않으실 거야!"

백혼, 흑혼이 그런 가예의 좌우로 다가가 철퇴를 번쩍 추켜들었다. 그대로 머리를 박살 내려는 듯이.

"야, 야! 멈춰, 새끼들아! 우리가 따먹을 거라고!"

범조의 대갈에 백혼과 흑혼이 즉각 철퇴를 갈무리하고 뒷걸음질로 신형을 물렸다.

가예의 면전으로 가서 선 사오량이 피풍의를 양쪽으로 젖히더니 하의를 벗었다.

"후훗, 계집. 이것 봐. 난 벌써 흥분했다고."

가예의 얼굴이 수치심으로 물들었다. 이에 범조가 곁으로 다가와 족발 같은 손으로 그녀의 뺨을 쓰다듬으며 입맛을 다셨다.

"히힛. 쌍년, 그 근육질 몸매로 봉사할 준비는 됐어?"

그러곤 대뜸 손을 뻗어 상의와 가슴 가리개를 잇달아 찢어 버렸다.

봉긋한 가슴이 살짝 출렁거리며 육욕을 자극해 왔다.

가예가 악에 받친 눈으로 소리쳤다.

"차라리 죽여라! 이 개자식들!"

"시벌, 시끄럽네."

눈살을 찌푸린 범조가 가슴 가리개 조각을 뭉쳐 가예의 입안에 쑤셔 넣었다.

"으읍…… 읍……!"

그사이, 사오량이 음란한 눈빛을 발하며 가예의 하의와 속옷을 차례로 벗겼다.

"호오, 빗물에 젖어서 그런지 더 야하게 보이는걸."

다리 사이의 어둑한 계곡으로 그의 손가락이 침범해 들자 여체의 허리가 움찔했다.

가슴을 주무르던 범조가 놀리듯 소성을 흘렸다.

"이히힛, 불쌍한 난쟁이 녀석. 계집을 눕히지 않으면 즐기기 힘들 텐데?"

발끈한 사오량이 질퍽한 바닥 위로 가예를 밀쳐 눕히곤 두 다리를 한껏 벌려 세워 부끄러운 자세로 만들었다.

"잘 봐, 돼지. 내가 물건은 너보다 크다고."

가랑이 사이로 진입한 사오량의 하체가 앞뒤로 격하게 움직이기 시작했다.

가예는 괴로운 표정으로 눈을 질근 감았다.

빗물인지 눈물인지 모를 물방울이 연신 그녀의 뺨을 타고 흘렀다.

사오량과 범조는 그렇게 가예의 몸을 번갈아 겁간하며 역겨운 색정을 맘껏 채웠다.

백혼과 흑혼은 이런 일이 익숙한 듯 무표정한 얼굴로 그 광경을 구경했다.

한참 뒤, 일을 끝낸 두 사람은 옷매무새를 가다듬으며 교구를 부들부들 떨고 있는 가예에게 조소를 보냈다.

범조가 소맷자락을 털며 물었다.

"어떻게 됐어?"

그에 백혼과 흑혼이 정중한 태도로 입을 열었다.

"백경이 말하길, 붉은 마기를 지닌 젊은 마인은 신비괴림 안으로 향했다고 합니다."

"철장신풍개, 용비검랑 등의 행방에 대해선 입을 다물었습니다. 자신은 은퇴한 몸이라 강호사에 일절 관여하고 싶지 않다며……."

그러자 범조가 불쾌하다는 양 눈썹을 사납게 굼실댔다.

"뭐라고? 그 새끼, 생각보다 꽤 건방지군."

백혼이 대뜸 철퇴를 힘차게 움켰다.

"저희가 다시 가서 족칠까요?"

그때, 사오량이 웃는 얼굴로 범조의 엉덩이를 툭 치며

말했다.

"여기서 시간을 허비할 때가 아니야. 객잔이나 운영하다가 늙어 죽게 내버려 둬."

"시벌, 좀 찝찝하잖아. 신비괴림 안에 강호의 이름난 고수들이 돌아다니고 있으면……."

"뭐야, 설마 무서운 거냐?"

"허, 이 난쟁이 놈이 뭘 잘못 처먹었나! 내가 무서워서 그러는 줄 알아? 행여 그들과 마주치면 우리 정체가 드러나게 될까 봐 그러는 거잖아!"

"복잡하게 생각하지 마라. 죽여 버리면 그만이야."

사오량은 은근히 그들과 겨룰 기회를 기대하는 눈치였다. 그러다가 돌연 낯빛을 바꿔 말했다.

"음흉한 자식, 솔직히 말해. 냉옥검녀의 행방이 궁금한 거지? 한 번 따먹고 싶어서?"

"이히히힛, 들켰나? 너도 마찬가지 아니냐? 그 계집은 사파 오대미녀라고. 아마 얼굴만 봐도 아랫도리가 빳빳하게 설걸?"

"훗, 물론 구미가 당기긴 하지만…… 차후 무단이탈에 대한 문책을 피하려면 의문의 마인을 만나 포섭하는 데 집중해야 돼."

사오량의 말에 고개를 끄덕인 범조가 문뜩 배를 문지르

며 가예를 보았다.

"배가 고프네. 일단 저 계집을 구워 먹자. 살이 아주 쫄깃하니 맛있을 것 같아."

힘없이 누운 가예의 동공 위로 두려움의 빛이 깃들었다.

백혼과 흑혼은 즉각 무거운 철퇴를 휘둘러 그녀를 무참히 짓이겨 죽였다.

사오량이 품에서 건량을 꺼내 한입 베어 물며 중얼거렸다.

"쩝, 쩝……. 나원, 인육이 그렇게 맛이 좋나? 아무리 친구라도 이해할 수는 식성이라니까."

*   *   *

천공 일행은 혈화지왕 종무린과 혈섬요왕 서야상의 안내를 받아 숲 속 깊은 곳에 자리한 고묘(古墓) 앞에 당도했다.

돌을 쌓아 만든 고묘는 자못 거대했는데, 긴 세월의 흔적을 대변하듯 이끼와 풀로 뒤덮여 눈여겨보지 않으면 쉬이 발견하기가 힘들었다.

입구를 지나 일백 보 정도를 나아가자 널따란 장방형의

묘실(墓室)이 나타났다.

묘실은 수백 명이 자리하고도 남을 만큼 매우 넓은 공간이었다. 또 좌우 벽면엔 등불 수십 개가 걸려 빛을 발하고 있어 마치 대낮처럼 훤했다.

묘실의 중앙에 마련된 네모반듯한 탁자에 천공, 단희연 등이 일제히 둘러앉았다. 그리고 일백여 피풍인은 조금 떨어진 곳에 오 열 종대로 섰다.

주건을 벗고 앉은 종무린이 이내 구천혈궁 내 파벌 싸움, 사스케가 주인이 된 사건 등을 포함한 일련의 일을 차례로 늘어놓았다.

그렇게 종무린이 긴 이야기를 끝냈을 때, 천공 일행은 비로소 경각심을 누그러뜨렸다. 그들 모두 종무린의 눈빛과 목소리로부터 깊은 진실함을 읽었기 때문이다.

곧이어 서야상이 한 가지 비사를 밝혔다.

"저희가 지맥의 진전을 극성으로 익혔음에도 불구하고 사스케의 은종에 이끌리지 않은 이유는…… 다름 아닌 불도의 심법을 배웠기 때문이랍니다."

그 말에 천공 일행은 놀라움을 감추지 못했다. 특히 천공의 놀라움이 컸다.

"불도의 심법을 배웠다니, 그게 무슨 소립니까?"

그는 더 이상 하대를 하지 않았다. 그러자 종무린이 황망한 표정으로 고개를 조아렸다.

"본존의 후인께서 어찌 경대를 하십니까? 그러시면 도리어 제가 불편합니다."

천공은 차마 그럴 수 없다고 말했지만, 종무린의 뜻이 워낙 완고해 다시 하대로 물었다. 그에 종무린이 차분한 어조로 대답했다.

"앞서 말씀드렸다시피 육대마가에 의해 본 궁이 풍비박산이 되었을 때, 수뇌부는 가까스로 살아남은 소수의 전력을 이끌고 은밀히 신비괴림으로 들었지요. 당시 혈심육왕 중 두 왕의 제자가 함정을 설치하는 과정에서 한 고승이 안배해 둔 기연을 얻게 됐는데, 바로 소림사 출신인 무허 법사(無虛法師)의 독문 심법이었습니다."

별안간 천공의 눈이 휘둥그레졌다.

'무, 무허 조사님……!'

무허는 과거 소림사 십육대 장문방장으로 추대될 뻔한 인물로, 노년을 앞두고 사제인 무상(無相)에게 방장실을 양보한 후 홀연 종적을 감추었다.

그런 무허의 독문 심법이 신비괴림에 남겨져 있었으리라곤 생각조차 못했다.

'오랜 세월 그 행적이 묘연하셨는데…… 이곳에서 입적을 하셨구나.'

종무린이 말을 이어 나갔다.

"무허 법사가 남긴 것은 광명무상심법(光明無上心法)이라는 선도의 심법입니다. 사류는 물론이고, 마류까지 아우르며 융합이 가능한 상승 심법으로, 마음을 다스리는 데 아주 큰 묘용을 발휘하는 절학이지요. 무허 법사는 오년의 면벽좌선 끝에 광명무상심법을 창안한 후 그냥 이곳에 머물러 생을 마감했습니다."

"가만, 그렇다면 광명무상심법을 익힌 두 왕의 제자가 혹시 그대들 사부인가?"

"예, 맞습니다. 당시 두 분께선 단순한 호기심에 그 진전을 습득하셨는데, 마심이 사그라지며 오히려 공력의 진일보 성취를 맛보셨지요. 즉, 뜻하지 않게 인성이 바뀌어 버리셨던 것입니다."

"그때부터 궁 내 계파 갈등이 본격적으로 시작되었군."

"그렇습니다. 두 분 사부님께선 생을 마감하시기 전까지 강시를 만드는 것에 반대하셨지요. 저희 부부도 그 유지를 받들어 저항하다가 결국 이렇게 밖으로 나오게 되었습니다."

천공은 묘한 전율을 느꼈다. 새삼 소림사의 위대함을 절감했다.

멸마가 아닌 복마의 묘용.

살계(殺戒)를 범하지 않고 교화시켜 정도로 이끄는 것.

그것은 곧 선도가 추구하는 최상의 비결이라 할 수 있었다.

이내 천공이 한옆에 자리한 핏빛 피풍인들에게로 시선을 던졌다.

"저들도…… 광명무상심법을 익혔나?"

종무린이 고개를 끄덕인 찰나, 맨 앞쪽 열 중앙에 선 피풍인이 두 손을 모으며 힘차게 말했다.

"저희들은 혈화지왕을 따르는 혈풍회(血風會)와 혈섬요왕을 따르는 혈광회(血光會)로 구성되어 있습니다. 지금은 하나로 합쳐 혈천무회(血天武會)라 칭합니다."

직후 서야상이 간곡한 어조로 부탁했다.

"사스케로 인해 구천혈궁은 지금 걷잡을 수 없는 악의 늪으로 빠져들고 있어요. 저희들 힘만으론 그들을 막을 수가 없답니다. 부디 본존의 후인께서 나서 주시길 바라요."

종무린도 얼른 말을 보탰다.

"저와 아내를 포함한 본 회는 앞으로 몸과 마음을 바쳐 당신을 섬길 것입니다. 어떤 명이든 받들 준비가 되어 있습니다."

천공이 말을 아낀 채 일행과 눈빛을 주고받았다. 그러

자 옆에 앉은 단희연이 나지막이 말했다.

"혈천무회의 전력은 구천혈궁을 멸하는 데 아주 큰 보탬이 될 것 같아요."

승궁인과 광진의 뜻도 별반 다르지 않았다.

잠깐의 논의 끝에 천공이 벌떡 일어서며 단호한 표정으로 입을 열었다.

"내 비록 혈마황의 진전을 이었지만, 그것은 절대 혈마맥의 부흥을 위함이 아니다. 그래도 날 따를 텐가?"

그에 종무린도 결연한 눈빛으로 말을 받았다.

"저희들이 바라는 건 순수한 무인 세력으로서 강호에 자리를 잡는 것입니다. 마도의 패업 따윈 버린 지 오래이지요. 기실 최근엔 이곳을 벗어날 계획까지 세우던 터였습니다."

광명무상심법을 익힌 혈천무회는 더 이상 마인 집단이 아니란 의미였다.

승궁인이 어깨를 으쓱거리며 빙그레 웃었다.

"하핫, 이거, 작전을 다시 짜야겠어."

19장.
마가(魔家)의 젊은 맹주(盟主)

동방휘는 두 눈을 감은 채 상념에 잠겨 있었다.

'사스케……!'

혈라대군을 죽여 수뇌부를 장악하고, 혈라대군의 아내
이던 혈조여왕을 자신의 여자로 만든 것도 모자라 구천혈
궁 내의 여인 전부를 육욕의 노리개로 전락시킨 사악한
왜인.

사랑하는 서란이 그런 인물의 노예가 되고 말았다는 사
실이 너무나 괴로웠다. 그 더러운 손길을 거부하지 못하
고 탕녀처럼 몸을 흔들며 교성을 지르던 그녀의 모습이
자꾸만 뇌리를 괴롭히고 들었다.

철커덕.

끼이이익—

둔탁한 소리와 함께 돌연 철문이 열렸다.

눈을 번쩍 뜬 동방휘가 전방을 주시한 순간, 아리따운 자태의 한 여인이 내부로 발을 들였다.

독무랑 서란, 그녀였다.

"란!"

"쉿, 조용히 해요."

서란은 이내 동방휘 앞으로 다가와 앉으며 말했다.

"미련한 사람……. 날 찾고자 예까지 온 거예요?"

동방휘는 저도 모르게 눈물이 핑 돌았다.

"미안해! 모두 내 책임이야."

"아뇨, 그런 소리 말아요. 내가 미안하죠. 이런 신세가 될 줄 알았으면…… 차라리 당신 곁을 떠나지 말 것을 그랬어요."

그녀는 애처로운 눈빛으로 정인의 두 뺨을 어루만졌다.

그립던 감촉에 동방휘의 속눈썹이 가볍게 떨렸다.

이어지는 진한 입맞춤.

한쪽 구석에 자리한 하후양은 슬그머니 따뜻한 미소를 흘렸다. 그런 두 사람의 모습을 보고 있자니 새삼 자신의 가족이 그리웠다.

이윽고 입술을 뗀 서란이 슬픈 목소리로 말했다.

"더러운 여자라 욕하지 말아 줘요."

"그럴 리가……. 결코 더럽지 않아. 넌 여전히 내가 사랑하는, 그 누구보다 고결한 여자야. 중요한 것은 몸이 아닌 마음이니까."

그녀는 잠시간 동방휘의 얼굴을 응시하다가 돌연 내공을 운용해 그의 손목에 채워진 쇠고랑 위로 손바닥을 가져다 댔다.

파스스스슥……!

한 줄기 음향과 함께 녹색 아지랑이가 일렁이더니, 쇠고랑이 반으로 갈라져 지면에 떨어졌다.

그녀는 뒤이어 발목을 감싼 쇠고랑까지 똑같은 수법으로 끊어 버렸다.

"서둘러 이곳을 탈출하도록 해요. 자, 창고에 보관되어 있던 당신 검도 몰래 챙겨 왔어요."

청룡강검을 받아 든 동방휘는 이내 하후양에게로 시선을 옮겼다. 그 의중을 읽은 서란이 냉큼 운신해 하후양을 속박한 쇠고랑도 모조리 절단했다.

동방휘가 손목을 한 바퀴 돌리며 물었다.

"독공(毒功)을 쓴 거야?"

"네. 천독왕의 진전을 얻어 일신의 독력(毒力)이 한층 강화되었어요. 나도 처음 이곳으로 납치됐을 때 그들이 공마괴철로 된 쇠사슬로 몸을 묶었는데, 독공을 운용하니 그대로 부서졌어요. 그때 깨달았죠, 공마괴철이 극독성에 약하다는 사실을……."

"사스케란 자는……?"

"자리를 비웠어요. 적어도 열흘 남짓 지나야 돌아올 거예요."

그에 하후양이 짐작이 간다는 듯 입을 뗐다.

"독각혈망을 사냥하러 간 것이로구먼."

서란은 대답 대신 고개를 끄덕거린 후 손짓을 보냈다. 어서 자신을 따라오라는 뜻이었다.

동방휘는 노쇠한 하후양이 걱정되었다. 그 속내를 간파한 하후양이 웃는 얼굴로 안심시켰다.

"경공을 펼칠 정도의 여력은 있다네. 어서 가세."

그렇게 세 사람은 복도로 나왔다.

바닥 여기저기에 쓰러져 있는 무사들의 모습.

다름 아닌 서란의 솜씨였다.

"마비독(痲痹毒)을 이용해 잠재웠어요."

그녀는 그 말과 함께 길을 앞장섰다.

건물 밖으로 무사히 몸을 뺀 세 사람은 어둠에 기대 기척을 최대한 죽이며 서쪽 담장으로 향했다. 곳곳에 보초를 서는 인원이 보였지만, 그들의 운신을 감지한 자는 아무도 없었다.

몇 개의 건물과 골목을 지나 인적 없는 담장 지척에 이른 찰나, 서란이 갑자기 교구를 부르르 떨며 우뚝 멈췄다.

화들짝 놀란 동방휘가 목소리를 낮춰 물었다.

"란, 왜 그래?"

서란이 안타까운 표정으로 말했다.

"은종의 힘 때문에 더 이상 움직일 수 없어요."

"뭐라고?"

"내 무의식 속에…… 경내를 벗어나지 못하게 주문 비슷한 금제를 가해 놓았다는 뜻이에요. 사스케의 손길을 거부할 수 없는 것도 그런 금제의 일종이고요. 아무튼 난 상관 말고 어서 떠나도록 해요. 이러다가 궁내 무인들이 눈치를 채고 나타나면……."

"널 두고 갈 수는 없어!"

동방휘는 즉각 서란의 팔을 붙잡아 당겼다. 하지만 그녀의 몸은 꼼짝도 하지 않았다.

'빌어먹을, 어찌 이런 일이……!'

그는 참담한 표정으로 주먹을 불끈 움켰다.

바로 그때, 사방에서 가벼운 풍성이 들리나 싶더니 소의를 걸친 장한 열 명이 나타나 그들을 포위했다.

"앗! 혈정강시……!"

서란의 짧은 외침에 동방휘는 더 생각할 것도 없이 청룡강검을 뽑아 들며 내공을 이끌어 냈다.

쩌저저저저—!

그가 딛고 선 지면이 거미줄을 친 순간, 낯설지 않은 목소리가 귓전에 와 닿았다.

"쥐새끼처럼 어딜 도망가려고?"

멀지 않은 후방, 옷자락을 나부끼며 등장한 붉은 방립을 쓴 중년 사내.

사스케로부터 권한을 위임받은 혈영권왕이었다.

횃불을 든 궁내 무인들도 이내 둥글게 포위망을 구축하고 섰다.

서란이 안광을 사납게 폭사하며 고함쳤다.

"제 사부를 죽인 자를 섬기다니, 부끄럽지도 않나!"

혈영권왕이 차가운 표정으로 말을 받았다.

"혈라대군 따위가 한때 내 스승이었다는 게 오히려 부끄러운 일이지."

별안간 서란이 쌍수를 놀려 강맹한 독장(毒掌)을 발출하려 들자 흠칫한 혈영권왕이 무언가를 손에 쥐고 빠르게 좌우로 흔들었다.

따라랑, 따라랑.

그것은 사스케의 은종이었다.

종소리에 이끌린 서란은 곧장 정신을 잃고 쓰러져 누웠다.

"어리석은 년…… 이미 사스케 님께선 이러한 상황을 예측하고 계셨느니라."

혈영권왕이 턱짓을 보내자 등 뒤에 자리한 무인들 중 두 명이 신속히 그녀를 부축해 저편으로 사라졌다.

분노한 동방휘가 청룡강검을 가슴 앞으로 세우자 푸른 서기가 환한 빛을 발하기 시작했다.

하후양이 돌연 동방휘에게 전음을 보냈다.

[자네, 설마 청룡강검의 봉인을 해제할 생각인가?]

청룡검백 동방몽의 절친한 벗답게 청룡강검에 감춰진 힘을 알고 있는 모양이었다.

[예. 청룡신력(青龍神力)을 개방하면 적어도…….]

[아서, 섣불리 힘을 드러내지 말게.]

[하오나, 어르신…….]

[아직 때가 아니네. 어떻게든 이곳을 탈출만 하면 그녀를 구할 기회는 얼마든지 있을 것이야. 내가…… 목숨을 걸고 돕겠네.]

동방휘가 깜짝 놀라 하후양의 얼굴을 살폈다.

심해처럼 깊이 가라앉은 눈동자.

분명 죽음을 각오한 자의 눈빛이었다.

[내 지금부터 개정대법(開頂大法)을 통해 진원진기(眞元眞氣)를 전수할 터이니 정신 바짝 차리게. 육신의 고통이 엄청날 것이야. 자칫 잘못해 정신을 잃으면 자네도 죽으니까.]

하단전에 쌓인 내공은 소모가 되더라도 언제든지 다시 채울 수 있다. 하지만 진원진기는 다르다. 그 자체가 생명을 지탱하는 원천의 기운인 까닭이었다.

[어르신, 아니 될 말씀입니다!]

[난 살 만큼 살았어! 이제야 비로소…… 스스로 목숨을 끊을 용기가 생겼네!]

하후양은 전음을 끝내기가 무섭게 일신의 내공을 극한으로 끌어 올렸다.

아무것도 모르는 혈영권왕은 한심하다는 투로 조소를 흘리며 이기죽거렸다.

"후훗, 다 늙은 인견 주제에 아주 발악을 하는구나. 또 따끔한 맛을 봐야 정신을 차리지."

그가 손을 가볍게 휘젓자 혈정강시들이 일제히 빙글빙글 돌며 공세를 준비했다.

"동방휘, 우리가 마련한 첫 실험이다. 사력을 다해라. 예서 만약 살아남는다면 내일부터 삼시 세 끼 따뜻한 밥을 먹이도록 하마."

찰나지간, 하후양이 쌍수를 놀려 지척에 선 동방휘의 전신 요혈을 사납게 두들겼다.

퍼벅, 퍽, 퍼어억, 퍼억—!

동방휘는 아무런 저항 없이 그 손속을 받아들였다.

"끄아아아아악……!"

절로 터져 나오는 비명.

요혈을 통해 스미는 고통은 실로 어마어마했다.

갑작스런 사태에 당황한 혈영권왕의 두 눈이 한껏 커졌다.

'아니, 저 늙은이가 미쳤나?'

하후양은 이내 손속을 멈추고 쌍수의 장심을 동방휘의 명치 위로 가져다 붙였다.

'부디 노부의 몫까지……!'

그는 곧 장심으로 방대한 기를 폭사했다.

퍼어어엉!

파공음과 함께 번쩍이는 기류에 휩싸인 동방휘의 신형이 허공으로 솟구치더니 담장 너머 저 멀리로 날아가 떨어졌다.

마지막 일장을 이용해 진원진기를 한 줌도 남기지 않고 전수한 하후양은 한 줄기 희미한 신음을 흘리며 그 자리에 털썩 엎어져 누웠다.

혈영권왕은 즉각 하후양의 맥문을 짚어 보았다.

"제길…… 죽었잖아. 다들 뭐 하고 있어! 어서 동방휘를 찾아!"

"예!"

궁내 무인들과 혈영강시들은 일제히 일사불란한 동작으로 높은 담장을 뛰어넘어 밖으로 향했다.

어금니를 앙다문 혈영권왕은 주먹으로 하후양의 머리를 깨부수며 으르렁댔다.

"서란, 이 개 같은 년……! 애초에 널 궁 내로 들이는 게 아니었는데!"

*   *   *

노을빛으로 물든 하늘 아래, 거친 산세에 둘러싸인 거대한 장원(莊園)이 자리를 잡고 있다.

흔히 볼 수 있는 장방형이 아닌, 원형으로 된 장원.

사방을 감싸며 상천을 찌를 듯 날카롭게 치솟은 산봉들 때문인지, 마치 하나의 큰 요새처럼 보이기도 했다.

으리으리한 그 정문 앞에 이윽고 번쩍이는 금의를 두른 십여 명의 마인이 나타났다.

육대마가 중 도끼질로 명성을 떨치는 금부마가의 마인

들이었다.

그들은 저마다 모양이 다른 도끼를 한 자루씩 지니고 있었는데, 선두에 선 오십 대 사내는 독특하게도 자루가 짧은 두 자루 도끼를 양 허리에 차고 있었다.

쌍부현마제(雙斧玄魔帝) 하우(何旰).

당금 금부마가를 이끄는 가주가 바로 그였다.

하우가 수염을 어루만지며 고개를 들었다. 그러자 정문 위에 걸린 현판에 음각된 '뇌룡마가(雷龍魔家)'란 네 글자가 동공에 크게 들어와 박혔다.

뇌룡마가는 육대마가 중 가장 강대한 전력을 자랑하는 가문이었다. 그 수뇌부 가운데 효마경에 이르지 못한 마인들이 단 한 명도 없다고 말할 정도로 뇌룡마가의 위세는 실로 엄청났다.

정문을 지키던 두 위사가 하우를 알아보고 극진한 예를 표했다. 그에 하우가 심드렁한 목소리로 물었다.

"가주께선 어디에 계신가?"

"곧장 뇌음전(雷音殿)으로 가시면 됩니다."

위사들이 정문을 개방하자 하우 일행은 즉각 안으로 걸음을 옮겼다.

기화요초(琪花瑤草)가 만발한 정원, 중원과 사뭇 양식이 다른 호화로운 건물들…….

장원의 규모는 가히 압도적이었다.

눈길을 돌릴 때마다 어김없이 웅대한 멋을 느끼게 만드는 정경이 펼쳐졌다.

하우가 뒤쪽의 가신들, 금부십이마객(金?十二魔客)을 향해 가볍게 꾸짖었다.

"뭘 그리 감탄하고 있느냐. 뇌룡마가에 있는 모든 건물은 기문(奇門)의 팔괘(八卦)에 따라 배치되어 진에 능통한 사람이 아니면 함부로 발을 들였다가 길을 잃기 십상이다. 그러니 한눈팔지 말고 따라오너라."

그들은 커다란 연못 위에 놓인 긴 다리를 건너 정원 세 개를 더 지나치고서야 비로소 뇌음전에 당도할 수 있었다.

우우우우우웅—!

요란한 뇌성이 울리나 싶더니 하우 일행 앞에 비취색 장포를 두른 사십 대 사내 한 명이 모습을 드러냈다. 그 장포 표면엔 뇌전(雷電)을 일으키는 용의 형상이 화려히 수놓아져 있었다.

하우와 구면인 그는 뇌음전을 수호하는 낙뢰마룡단(落雷魔龍團)의 단장, 뇌격마룡(雷擊魔龍) 을태소(乙太燒)였다.

낙뢰마룡단은 평시엔 이렇듯 뇌음전 주변을 지키나 뇌룡마가주가 출타할 때는 호위 임무를 수행하는 단체였다.

"어서 오십시오. 가주께서 기다리고 계십니다."

을태소의 공손한 인사에 하우가 고갯짓으로 화답했다.

"다른 마가의 가주들은 이미 다녀갔소?"

"그렇습니다. 자, 이리로……."

을태소의 안내를 받은 하우 일행은 이내 전각의 한 내실에 마련된 탁자에 자리를 잡았다.

잠시 기다려 달라는 말과 함께 을태소가 사라지고 시간이 얼마 지나지 않아 한 젊은 사내가 문을 열고 들어섰다.

기껏해야 스물 중반 정도 됐을까.

중원 황제도 부러워할 호화로운 용포에 긴 머리카락을 깔끔하게 묶어 올린 그는 형언하기 힘들 정도로 절륜한 기도를 내뿜었다.

청년의 헌앙한 자태 앞에 금부십이마객은 저마다 감탄을 금치 못했다.

'놀랍구나! 존재감이 남다르다.'

'저 젊은이가 뇌룡마가의 새 가주인가!'

'과연…… 소문대로군.'

흡사 속세를 벗어난 듯 사람의 마음을 숙연하게 만드는 기풍에 자연스레 압도당한 그들이었다.

청년이 탁자 맞은편에 자리하며 자신을 소개했다.

"반갑습니다, 하 가주. 새로이 본 가를 이끌게 된 용군무(龍軍武)입니다."

용군무.

아직 세상에 널리 알려지지 않은 이름이다.

당년 이십육 세인 그는 몇 달 전 갑작스레 병사한 뇌검벽마제(雷劍靂魔帝) 용자혼(龍子魂)의 아들로, 약관이 되기도 전에 뇌룡마가의 절학을 모두 깨우친 천재로 명성을 날렸다. 물론 그 명성은 육대마가 사이에 국한된 것이었다.

다른 마도 세력, 그리고 중원의 강호인들은 그 존재에 대해 알지 못했다. 심지어 소림사나 개방조차도 그저 용자혼에게 아들 한 명이 있다는 단편적인 사실만 파악하고 있을 따름이었다.

하우는 잠시간 용군무의 얼굴을 주시하다가 입을 뗐다.

"날 제외한 다른 네 가주 모두…… 용 가주를 맹주로 인정한 것이오?"

"예. 이제 하 가주의 동의만 남았습니다."

"큼, 다들 무슨 생각인지……. 용 가주, 미안하오. 난 선뜻 동의하기가 힘들구려. 뇌검벽마제께서 생존해 계실 때와 상황이 다르지 않소?"

그러자 용군무가 희미한 미소를 흘렸다.

"내 힘을 직접 확인해 보고 싶단 뜻이로군요. 아버님의 뒤를 이어 마가연맹을 이끌 자격이 있는지, 없는지를……."

하우도 에두르지 않고 말을 받았다.

"날 꺾어 보이면 군말하지 않으리다. 용 가주도 알다시피 마도의 서열은 연륜으로 정해지는 것이 아니오. 오직 힘만이 자리를 결정하오."

"알겠습니다. 그럼 자리를 옮기도록 하지요."

용군무는 예의 미소로 하우 일행과 함께 내실을 나섰다.

뇌음전 뒤편의 푸른 정원.

말이 좋아 후원이지, 들판이라 해도 무리가 없을 만큼 드넓은 공간이었다.

용군무와 하우는 일 장 남짓한 간격을 두고 대치했다. 그런 하우의 뒤쪽으론 금부십이마객이 병풍 펼친 듯 일정한 간격으로 도열해 섰다.

편안한 자세로 선 용군무가 미소를 띠며 말했다.

"마도 최고의 부법(斧法)인 번천대마부법(翻天大魔斧法)을 경험할 기회를 가지게 되어 영광입니다."

하우는 목례로 화답하며 조용히 용군무의 얼굴을 살폈다.

'흠, 인사치레로 하는 말은 아닌 듯싶군.'

그러다가 문득 궁금증이 일어 물었다.

"혹시 이 대결의 결과에 대한 증표가 필요하오?"

"안 그래도 준비해 놓았습니다."

용군무는 그 말과 함께 손가락을 들어 까딱거렸다.

그 직후, 우렁찬 뇌성이 터짐과 동시에 뇌격마룡 을태소가 허공을 격해 후원 가운데로 표홀히 내려섰다.

을태소는 곧 하우 곁으로 가 종이 두 장을 건네며 중후한 목소리로 일렀다.

"확인해 보십시오."

그러곤 다시 뇌성을 터뜨리며 자취를 감췄다.

하우는 얼른 종이를 차례로 펼쳤다.

'호오, 각서로군.'

한 장은 용군무가 패할 시 맹주의 지위를 포기한다는 내용이었고, 다른 한 장은 하우 자신이 패할 시 용군무를 맹주로 인정하며 그 뜻을 적극 따르리라는 내용이었다.

하우가 뒤쪽의 금부십이마객에게 각서를 맡긴 뒤 의미심장한 표정으로 말했다.

"각서까지 미리 작성해 놓은 것으로 보아 자신감이 넘치는 것 같구려. 혹시 다른 가주들도 각서에 지장을 찍었소?"

"아까 말하지 않았습니까. 하 가주의 동의만 남았다고……."

일순 하우의 낯빛이 흠칫 굳었다.

"그 말은…… 네 가주 모두와 대결을 펼쳐 이겼다는 것이오?"

용군무는 여전히 미소를 띤 채로 고개를 끄덕였다.

"자존심 센 가주들의 마음을 얻기 위해선 그 방법이 최선이었으니까요."

'허어! 다른 사람은 그렇다 쳐도 태양염마제(太陽炎魔帝)까지 꺾었다고? 설마 그의 무위가 생전의 뇌검벽마제를 능가하는 수준이라는……!'

하우는 경악을 하면서도 짐짓 그 놀라움은 마음속에 가두어 두었다.

태양염마제는 당금 일양마가(日陽魔家)의 가주의 별호로, 한때 천마교 상위 고수들조차 맞상대를 꺼렸을 정도로 고강한 마인이었다.

'큼, 그럴 리가……! 내 눈으로 확인하기 전까진 절대 믿을 수 없다!'

그는 양 허리에 걸린 도끼 자루를 만지작거리다가 이내 힘 있게 움키며 말했다.

"날 능히 제압할 만한 실력이라면…… 본 가의 이름을

걸고 기꺼이 용 가주 아랫사람이 되어 충성을 맹세하리다!"

맹주를 뒷받침할 동반자나 조력자가 아닌, 명령에 복종하는 휘하를 자처하리라는 놀라운 선언에 용군무가 점잖게 고갯짓을 보냈다.

"그 제안, 사양하지 않지요."

순간, 하우가 기습적으로 돌진해 쌍부를 휘둘렀다.

쓰거억, 쓰거어억—!

그야말로 눈 깜빡할 새에 이뤄진 날카로운 기습. 하나 사선으로 교차한 도끼날은 텅 빈 공간만 긋고 말았다.

'읏!'

안광을 번뜩인 하우가 좌로 고개를 돌리자 십 보 밖으로 운신해 선 용군무의 모습이 보였다. 뒷짐까지 진 그는 마치 처음부터 거기에 자리해 있었다는 듯 여유로웠다.

금부십이마객은 입을 다물지 못했다.

'세상에, 방금 그것은 오직 빠름만 앞세운 번천쾌마영(翻天快魔影)의 일초인데 옷자락조차 베지 못하다니……'

당사자인 하우도 내심 경탄해 마지않았다.

그때, 용군무가 실력을 칭찬했다.

"날랜 진격과 연계한 쾌부의 식……. 역시 훌륭하군요. 타성에 젖은 본 가의 하수들이 봤다면 개안(開眼)과 동시에 탄복을 금치 못했을 겁니다."

"고맙긴 하나 기분 좋은 소리나 듣자고 도끼를 휘두른 것이 아니외다."

"병기로 맞상대하길 원합니까?"

"물론이오. 용 가주의 진짜 실력을 보고 싶소."

용군무는 대뜸 우수를 수평으로 뻗었다.

파츠츠츠츳, 파츠츠츠츠츳—!

손끝에 이는 사나운 뇌전의 기류. 그 기류는 순식간에 야장이 방금 벼려 낸 것 같은 한 자루 장검으로 화했다.

번개가 깃든 양 번쩍이는 칼날이 가공할 예기를 뿜으며 범상치 않은 위용을 뽐냈다.

하우와 금부십이마객은 경이로운 표정으로 그 검을 바라보았다.

"본 가의 오랜 기보인 벽력마유검(霹靂魔幽劍)입니다."

그 말을 들은 하우의 두 눈이 찢어질 듯 커졌다.

'아! 저것이 말로만 듣던 벽력마유검……!'

뇌룡마가 역사를 통틀어 제대로 다룬 자가 거의 없었다고 전하는 신병이 지금 용군무의 손을 빌려 외현되었다.

벽력마유검은 오대마맥 중 악마맥(惡魔脈)의 진전을 이은 천마교 부교주 악마검신 율악의 악령마검과 비견되는 절세 병기이기도 했다.

하우는 새삼 호승지심이 강하게 일었다. 그는 본격적으로 마기를 토하며 양팔의 소매를 걷어붙였다. 이에 도끼를 든 도깨비 문신이 빼곡히 입묵(入墨)된 팔뚝이 훤히 드러났다.

쌍부의 끝을 똑바로 겨눈 하우가 나지막이 외쳤다.

"실로 기대되오, 용 가주!"

용군무도 특유의 부드러운 미소를 흘리며 검극을 아래로 향하게 쥔 뒤 마기를 개방했다. 그러자 십 장 반경의 공기가 바위처럼 한없이 무거워지기 시작했다.

그렇듯 절정 반열의 두 마인이 내뿜은 무형지기가 한데 어우러지자 주변 경물이 마구 이지러져 보였다.

'어깨를 짓누르는 엄청난 압력……. 일신의 공력이 나이를 초월했구나!'

속으로 중얼거린 하우는 그대로 땅을 박차 간극을 압축하며 쌍부를 마구 휘둘렀다.

위, 위웡, 위이잉, 위잉—!

번천대마부법 삼식(三式), 투부천살망(鬪斧天殺網).

무수한 궤적을 그리는 쌍부로부터 날카로운 선이 파생되어 시계를 어지러이 수놓았다. 마치 그물 속에 상대를 가둬 버리려는 듯 복잡하고 맹렬한 도끼질이었다.

그때, 한 줄기 육중한 뇌전이 그물 같은 공세의 정중앙을 돌파해 들었다.

까아아아앙!

엄청난 쇳소리와 함께 커다란 파형이 터지며 하우의 신형이 주르륵 뒤로 밀렸다.

벽력마유검이 발출한 검기가 투부천살망을 그대로 꿰뚫어 버린 것이다.

타다다다닷.

무려 여덟 걸음이나 후퇴한 하우는 쌍부를 수직으로 세워 세차게 그어 내렸다.

거리를 격해 사납게 쇄도하는 두 직선의 예기.

번천대마부법 오식(五式), 천근마붕참(千斤魔崩斬)이었다.

가로막는 모든 것을 무참히 갈라 버릴 듯한 육중한 마력 앞에 용군무의 벽력마유검이 쾌속한 원을 그렸다.

파아아아아—

검날을 따라 생성된 둥그런 뇌전의 기막 위로 천근마붕참이 와서 부딪치자 엄청난 파공성이 일대 공간을 떨쳐 울렸다.

꽈르르르르릉!

마기의 잔해가 허공중으로 파문처럼 번지는 찰나, 용군무가 보법을 밟아 운신해 상대의 뒤를 점했다.

기척을 감지한 하우는 그 즉시 신형을 회전하며 천근마붕참을 수평으로 전개했다.

풍성을 토한 한 쌍의 도끼날은 그대로 용군무의 상체를 반으로 갈라 버렸다.

하지만…….

'아니!'

공허한 감촉에 하우가 손속을 무춤했다.

베었다고 여긴 용군무는 실체가 아닌 허상이었다.

하우는 순간 도끼를 비스듬히 눕혀 자신의 왼쪽 옆구리를 방어했다. 그와 동시에 따가운 금속성이 짧게 울렸다.

카하앙!

어느새 측방을 점한 용군무가 검극을 내뻗었던 것.

하우는 쌍부를 힘껏 밀어 맞닿아 있는 상대의 칼날을 떨쳐 내며 연거푸 이십 초를 뿌렸다.

쩌저정—! 카항, 키이잉—! 콰차아앙!

노도와 같은 공세를 모조리 방어한 용군무가 돌연 또렷한 음성을 발했다.

"끝을 내지요."

일순 연기 꺼지듯 픽! 사라져 버린 신형.

동시에 사위로부터 눈부신 뇌화(雷火)가 일며 폭음을 토했다.

파지직, 파직, 파지지직, 파지직—!

하우는 오랜 시간 단련한 날선 감각에 의지해 상대의 기척을 파악하려 했지만, 쉽지 않았다.

별안간 좌측으로부터 전성이 들렸다.

[본 가의 절기 중 하나입니다.]

하우가 그 방향으로 신형을 선회한 순간, 이번엔 갑자기 우측에서 전성이 새어 나왔다.

[전뢰마형술(電雷魔形術)이라 하지요.]

다시 하우가 빠르게 몸을 돌려세웠지만 아무것도 보이지 않았다. 움직임이 소리를 앞지르고 있었던 것이다.

용군무가 어느새 그의 좌측으로 접근해 칼날을 뻗었다. 흠칫 놀란 하우는 이를 으물고 쌍도끼를 횡으로 그었다.

그렇게 서로의 병기가 충돌하자…….

꽈우우우웅—!

거대한 벼락이 터져 나오며 번쩍이는 마기에 휩싸인 하우가 삼 장 밖으로 튕겨 날아가 무릎을 쿡! 꿇었다. 그 모습을 본 금부십이마객은 오싹한 전율에 휩싸였다.

일검의 뇌력(雷力)에 의해 심맥이 진탕된 하우는 곧장 머리를 수그리며 각혈했다.

"커허억……!"

호홀지간 섬뜩한 예기를 머금은 벽력마유검이 하우의

목덜미로 살며시 와 닿으며 승부의 종결을 알렸다.

장내에 내려앉은 숨 막히는 정적.

이윽고 가까스로 심맥의 충격을 다스린 하우가 쌍부를 갈무리한 후 공손히 두 손을 모았다.

"깨끗이 졌소. 변명의 여지가 없구려."

용군무도 특유의 미소를 그리며 정중히 화답했다.

"번천대마부법이 마도 최고의 부법임을 이번 기회에 확실히 깨달았습니다."

그러면서 자신의 앞섶이 가로로 잘려 나가 벌어진 것을 보여 주었다.

천근마붕참이 스쳐 지나간 흔적이었다.

"내가 강한 탓이지 하 가주가 약한 게 아닙니다. 아마 생사를 건 싸움이었다면 시간이 더 많이 소요됐을 테지요."

광오하기 짝이 없는 소리였으나 하우는 호탕하게 웃었다.

"껄껄껄껄! 용 가주의 무위는 내 예상을 훨씬 상화하는 듯싶소. 아니, 당장 중원의 십대무신과 겨뤄도 으뜸의 자리를 다툴 만하다고 여기오."

마도무림 굴지의 가문을 이끄는 그의 입에서 나올 수 있는 최대의 찬사였다.

옷깃을 여민 용군무가 차분히 말을 받았다.

"마경 조각을 모두 모아 천외삼마선(天外三魔仙)을 깨우는 순간…… 새외 일통은 물론이고, 중원무림도 우리 앞에 무릎을 꿇게 될 것입니다."

하우가 돌연 들뜬 목소리로 물었다.

"오오! 법문 해독을 통해 드디어 천외삼마선이 잠든 곳을 알아낸 것이오?"

"조금만 더 참고 기다리면 됩니다. 패업을 이룰 날이 머지않았습니다."

"천외삼마선을 마음대로 부릴 수만 있으면 천마존이 살아 돌아와도 두렵지 않을 것이오. 참, 내가 일전 보낸 보고서는 읽어 보았소?"

그러자 용군무가 고개를 주억이며 말했다.

"예. 시신들 상태로 보아…… 마혼석등을 탈취해 간 자는 분명 악마검신일 것입니다."

"으음, 역시……. 어찌할 생각이오?"

"크게 신경 쓸 필요 없습니다. 천마교가 부활하는 일 따윈 결코 일어나지 않을 테니까요."

용군무는 그 말과 함께 예를 갖추며 청했다.

"하 가주, 마가연맹의 꿈을 이루기 위해선 서로 간에 확고한 신뢰가 필요합니다. 이 자리에서 정식으로 내 한 쪽 팔이 되어 주길 청하는 바입니다."

하우는 그대로 허리를 굽히며 힘차게 외쳤다.

"이 하우, 한목숨 다하기 전까지 그대 곁을 떠나는 일은 결코 없을 것이오. 본 가는 오늘부터 뇌룡마가의 수족이 되어 어떤 수고로움도 마다하지 않으리니, 부디 잘 이끌어 주길 바라오."

금부십이마객도 일제히 그 곁으로 와 충성을 맹세했다.

미소를 머금은 용군무는 벽력마유검을 체내로 흡수시킨 후 붉게 물든 하늘을 눈에 담았다.

"약속하지요. 하늘 아래 존재하는 모든 땅은 장차 우리 손에 의해 새로운 질서를 맞이하게 될 것입니다."

하우도 나지막한 소성과 함께 허공으로 시선을 던졌다.

"후후후, 전 무림을 발아래 두는 것이 과연 어떠한 기분일지…… 벌써부터 궁금하구려."

〈『악소림』 제4권에서 계속〉